Editado por: ExLibric
c/ Cueva de Viera, 2, Local 3
Centro Negocios CADI
29200 Antequera (Málaga)
Teléfono: 952 70 60 04
Fax: 952 84 55 03
Correo electrónico: exlibric@exlibric.com
Internet: www.exlibric.com

ISBN: 979-13-88079-12-2
Depósito Legal: MA 1879-2025

Impresión: PODiPrint
Impreso en Andalucía – España

Nota de la editorial: ExLibric pertenece a Innovación y Cualificación S. L.

JOSÉ RAMÓN BOXÓ CIFUENTES

EL CASO GABRIEL JIMÉNEZ CENTENO

ExLibric

ANTEQUERA 2025

I

Suave desciende la brisa por la avenida Juan XXIII. Se aroma en su peregrinaje invisible de café y del pan recién hecho de los bares. Añade una atmósfera de ternura y calidez al aire que respiro y hace de la función necesaria para la vida un hábito placentero. Me persigue como una invitación a la molicie para permitir que transcurra la mañana entregado al desayuno, mientras observo la gente que pasa hacia destinos desconocidos. Curioso de los pensamientos que las acompañan, imagino en sus rostros la historia que guardan al abrigo de mi ignorancia. Mientras tanto, avanzo en esta ceremonia del despertar desde los sueños a la vigilia obligada e impertinente: no todo se presenta a la conciencia con la apertura de los párpados, sino que una parte de lo soñado permanece en la recámara onírica del cerebro, reacia a disolverse en la cruda realidad que me mantiene desvelado. Más tarde, con el día avanzado, continuará su efecto sobre mi mente a través de la fantasía o de la imaginación, para seguir soñando, aunque parezca estar despierto y atento a los requerimientos del trabajo.

Igual que la vida, la fragancia del café y del pan tierno tienen su tiempo limitado: aunque perdure su sabor en la garganta y el aroma persista en la pituitaria por algunos minutos, los suficientes para llegar hasta mi despacho, se desvanecerán en breve sin dejar rastro, convertidos en la nostalgia que deja el placer para evocarse, siempre efímero, inaprehensible y lejano.

Espero sentado; miro por la ventana el mundo que acabará por presentar su queja de maltrato en estas dependencias para ver si podemos hacer algo para que los agravios sufridos duelan menos o evitemos que duelan tanto.

Alguien se acerca para devolverme a la realidad del trabajo. El sonido de sus pisadas acompaña el roce de la gruesa tela del uniforme entre las perneras, parecido al chasquido de una cerilla que alguien desconocido quisiera encender sin conseguirlo. Me avisa de que Alicia se aproxima por el pasillo, provocando un eco que convierte su figura solitaria en una muchedumbre ilusoria que la acompaña.

Podría pasar de largo hacia otros despachos y exonerarme de trabajos y admoniciones de la jefatura, o detenerse en el mío, como en ocasiones ocurre, para dejar una convocatoria de reunión, un informe mal redactado pendiente de rectificación o un formulario de dietas que dejé mal cumplimentado. Esta incertidumbre me produce una ligera inquietud, no sé si por verla con el rostro serio por un velo de tristeza, quebrantado, sin maquillaje, con el pelo recogido, que oculta detrás de sus ojos oscuros un pesar íntimo que no comparte, que reserva para ella, como un sentimiento intransferible que hiede a mortecino por el tiempo que lleva sin sepultura, a la intemperie, incapaz de enterrarlo para siempre en la fosa del olvido, o son las noticias, las disposiciones de las que es portadora, las que me sacan del sosiego que vuelvo a experimentar después de tiempos malos, camino de convertirse en un triste recuerdo de penas sin remedio.

Alicia abre la puerta de mi despacho sin anunciar su entrada, portentosa, como amparada por un derecho que la sitúa por encima de la preservación de mi intimidad, porque podía estar obnubilado en la antesala de un sueño, o distraído mientras contemplo desde mi ventana los movimientos de la gente que se dirige hacia las plazas, a las cafeterías o al centro de especialidades, circular como una plaza de toros o como el anillo de una discoteca de otro tiempo de la que pocos se acuerdan y nada saben, u ocioso, con la lectura de un libro en lugar de expedientes y requerimientos del juzgado.

No considera necesaria una petición de permiso mediante unos golpes en la puerta o un aviso de su voz templada, grave, originada en la cavidad oscura de su garganta, donde reprime un gemido, una queja contra lo acontecido, como aviso de su inminente presencia.

Parece convencida de que nada más importante podía ocupar mi tiempo que la orden o el apremio del que es portadora: las malas noticias, también las buenas, se permiten irrumpir por encima de las exigencias de la urbanidad, más allá de la cortesía que adorna la buena educación y respeta la circunstancia de cada cual sin invadirlo con premuras que hasta hace un momento no se tenían y ahora se presentan como prioritarias.

Luce la insignia de oficial de policía en las hombreras del uniforme limpio, bien planchado, sin arrugas, como algo que cuida porque es reflejo de ella, su fachada externa más controlable que la interior, que se pierde en pensamientos, emociones perturbadoras y vacíos de silencios y ausencias; sensible al comentario y preocupada por la imagen que da, la que se aloja en las conciencias y más tarde se separa de su origen sin control posible de la interesada. Después, saltan de mente en mente y arrastran maledicencias, envidias, lástimas complacientes con la propia bondad; basuras personales que parecen ceder su hedor con la presunción de que cuadran mejor con la persona que contemplamos en lugar de con nuestros vergonzosos actos y los deseos inconfesables que sosiegan su ímpetu salvaje con la imaginación perversa que serena la mente con la compensación que proporciona la fantasía; en fin, las obstinaciones masculinas que soportan las mujeres en los medios que les son hostiles y la comisaría, como todos los ámbitos en los que se ejerce el poder, lo es y gusta de serlo.

Con ella pienso que me une una cierta amistad, o tal vez no pase de un compañerismo indefinido, ya que nuestra relación se verifica en el interior de estos muros y se diluye al pisar la calle, como si afuera otras normas regularan nuestro trato y nos convirtieran en extraños que poco o nada sabemos de los derroteros por los que discurre nuestra existencia cuando cruzamos la avenida que separa la comisaría de los barrios adyacentes.

Los barrios cercanos parecen sentirse protegidos por su proximidad, pero, al comprobar los lugares de comisión de los delitos en las estadísticas del ministerio, que los afectan de igual forma que a los barrios más alejados, el engaño voluntario se desvanece, porque el delito desconoce las presunciones de los vecinos y actúa sin temor a policías ni respeto a las placas de seguridad adheridas a las puertas como la señal de la sangre del cordero inmaculado para que el ángel exterminador pase de largo, descargue su ira en otros hogares y deje el propio a salvo.

En una ocasión coincidimos por la calle. Mi intención de acercarme fue revocada por un ademán gentil y distante con el que me dijo que no pensaba detenerse ni hablar ni aceptar un café; unas palabras al aire, escapadas por su pequeña boca de labios finos y serios, tan distinta de la inmensidad de sus ojos negros que domina la expresión del rostro, me informaron de que tenía prisa, que iba a recoger a su hijo de la clase de inglés, y un hijo siempre debe tener la prioridad sobre la amistad, el trabajo y el esparcimiento.

Así lo comprendí y no insistí, redargüido por mi descuido de Jairo, a quien veo los fines de semana alternos y llamo todos los días para consolarlo, para consolarme.

Alicia ejerce como la responsable de la secretaría del nuevo comisario que sustituye al anterior en un ritmo de alternancias que depende de un cambio en el ministerio o de la necesidad de escenificar nuevas directrices que se suponen mejores que las anteriores para dar seguridad a los ciudadanos; la impresión de que el mal se controla y teme a la autoridad que ahora viene más lúcida que la de antes, que no tenía la perspicacia con la que la actual cuenta y que por eso la han votado los votantes.

Después de su recuperación la destinaron a oficinas, porque no era cuestión de arriesgar por segunda vez la vida en servicios de calle, más comprometidos y vulnerables. Parece que este nuevo destino le permite llevar mejor su ensimismamiento, que la traslada del mundo de las cosas al de los pensamientos, que exigen mayor dedicación y perturban la atención y el ánimo enfurecido, necesarios en las intervenciones que se realizan en las calles, los garitos y los escondrijos de las bandas criminales.

La tengo delante de mí en el pequeño despacho que ocupo desde hace algunos años en la tercera planta cuando el anterior comisario decidió darme un ascenso lateralizado —esos que modifican el nombramiento y el sueldo, pero que restringen hasta la asfixia el ejercicio de la profesión y el propio reconocimiento—, para penalizar mis escasos logros en el caso de Gloria Balbuena, que se prolongó demasiado, sin que pareciera un castigo, sino un apartamiento para mi descanso con desafíos al alcance de mis capacidades, sin exigencias mayores que les van mejor a otros compañeros más hábiles y sagaces, situado en un ala del edificio central, la que mira hacia la barriada de Los Corazones, bulliciosa, con escasos aparcamientos, saturada de vehículos, comercios agonizantes, hospital privado, colegios y supermercados, mercadillo los miércoles, que aprovecho para comprar verduras, fruta y el cupón de los ciegos por si toca algo y la fortuna cambia la vida en una dirección diferente de la que lo hace el trabajo.

Viene vestida con uniforme azul, como una agente de calle, acaso para dejar claro que, aunque ahora realiza su servicio en las oficinas, sus orígenes y afectos continúan entre los compañeros de patrulla que tratan cara a cara con el público, los pillos solitarios y las bandas organizadas. Cuelgan de su chaqueta la placa de identificación reglamentaria y una singular que pocos llevan y que a ella le concedieron como mérito al trabajo, al valor, al honor, a virtudes buenas, ninguna mala. La ganó sin querer, sin ir a buscarla, por llevarse un tiro en la pierna y otro en el brazo del lado contrario, durante el rescate de dos mujeres rumanas retenidas por un proxeneta venido también del Este, de donde viene mucho malo para encontrar aquí una buena acogida entre los ciudadanos. Las explotaba en un garito de alterne al caer la noche para recogerlas llegada la madrugada y otra vez encerrarlas en unas habitaciones que daban al patio sombrío de un piso bajo, con la única imagen de un muro resquebrajado que se podía contemplar desde las ventanas, sin ver el sol ni recibir su caricia de mañana que consuela el corazón afligido, atempera las penas y eleva el ánimo fatigado, sin esperanzas, que domina a las personas esclavizadas. Las grietas del muro les parecían las llagas abiertas que llevaban en el alma. El proxeneta contaba con aliados; un grupo de sicarios peligrosos, paranoides, de disparo fácil y disfrute con el dolor ajeno, que van a por todas porque no pierden nada o ya lo han perdido todo o tal vez nunca tuvieron nada ni afecto ni cuidados ni trato respetuoso durante la infancia y, en la milicia obligada, les proporcionaron una visión despiadada del mundo, la conciencia cauterizada y la convicción de que el dinero es el que da sentido a todas las cosas y se convierte en el valor absoluto compartido por buenos y malos, que difumina las diferencias que parecen existir cuando el interés no media y el lenguaje se ocupa de otras cosas y crea fábulas de justicia y esperanzas de igualdad.

Tras varias semanas de observación en atención a la denuncia de una vecina que las vio entrar por la fuerza al piso de la planta baja que ocupaban en un edificio situado en la calle La Unión, que le parecía que gemían de madrugada y presumía de que algo malo les pasaba o de que algunos se ocupaban en que les pasara, prepararon el dispositivo para la actuación cuando las muchachas se encontraban en el club bajo la mirada atenta de los propietarios y sojuzgadas por los clientes que solo pensaban en la realización de perversiones y fantasías de varones solitarios: un férreo doble control del que no escapaban y sus secuestradores podrían descansar unas horas hasta que la aurora anunciara un nuevo día para ellos y para ellas otra noche oscura para el cuerpo y para el alma.

Alicia entró la primera cuando el ariete, impulsado por dos agentes, derribó la puerta de entrada, bien pertrechada con el chaleco antibalas que protege el corazón y deja inerme la cara, la pistola con las dos manos con firmeza agarrada, la mirada barría las habitaciones, la sangre acelerada, la respiración con el jadeo del miedo, la mente decidida, la suerte echada.

En la habitación principal dormía un hombre con el pecho desnudo y los brazos musculosos por horas de gimnasio, tatuados con una simbología extraña que declara una pertenencia siniestra que compensa el desarraigo y le permite ser ciudadano de una patria de tinieblas. Salió del sueño con una pistola apuntando a su cabeza y la voz firme y asustada de Alicia: «¡Las manos atrás y boca abajo!». Otro agente le colocó las esposas en los tobillos y las muñecas para inmovilizarlo.

Tres compañeros revisaron las habitaciones. Capturaron a dos sujetos más, drogados, cuya detención les parecería una pesadilla que un leve atisbo de culpa escenificara en sus conciencias. Alicia se acercó a buscarlos. Los disparos le vinieron por el lado del pasillo, desde la cocina; la luz que provenía del patio la deslumbraba. Un joven de cabello rubio, con el rostro agresivo y aterrado, descargó su arma. Dos tiros golpearon contra el chaleco antibalas de Alicia; la empujaron con violencia contra la pared. La bala que no perfora, que no encuentra su camino a través de la carne frágil hacia la víscera vital resguardada, sino que tropieza contra una barrera protectora, ofuscada, realiza otro gesto de desprecio como un último rechazo que tira al suelo como un desperdicio a quien no pudo asesinar. Un nuevo disparo afectó su brazo derecho y otro fue a alojarse en uno de sus muslos. Comprometió el flujo de la arteria femoral, como ocurre con los toreros cuando un asta los alcanza en el triángulo de Scarpa. Desde el suelo, Alicia distinguió un cuerpo de penumbra con el brazo preparado para el siguiente disparo. Enfiló con el arma al joven, que se derrumbó como un árbol talado con dos señales de los hachazos mortales: una la recibió en la frente y otra penetró por el pómulo izquierdo con el orificio de entrada rodeado de un halo de piel chamuscada, por el que manaba un hilo de sangre que resbalaba por su cara. Quedó tendido con la boca abierta, la lengua alojada en el fondo de las fauces secas, tal vez por el miedo, la rabia o alguna de las emociones que no acabamos de comprender y que, llegado el momento, dominan toda capacidad de juicio y cautivan la voluntad a la deriva; la mirada fija desviada hacia el lado derecho, señal de que el cerebro se dañó sin posible remedio. No parecía un asesino, más bien un muchacho de un pobre barrio que concebía el mundo como un lugar de violencias que debía afrontar, dispuesto para la guerra, para arrebatar el poder por la fuerza, despojar a las jóvenes de su libertad, pisotear su dignidad en beneficio propio, sin contemplaciones, porque la conciencia no se formó, no se educó para la contención del mal y el difícil ejercicio del bien. Hizo daño irreparable a las dos jóvenes y a sí mismo se dañó: cumplía las dos condiciones de Cipolla que definen la delgada frontera entre la maldad y la estupidez.

Alicia lo contempló durante un rato. Vio al dios que se hospedaba en su cuerpo muerto, ajena a las voces de los compañeros que la requerían para abandonar cuanto antes el agujero, con el dolor de sus heridas anestesiado por el efecto de la muerte del joven rubio que le produjeron sus manos cuando apretó el gatillo y apuntó a la cabeza, en una decisión refleja, mortal y certera.

El rescate de dos vidas tuvo su precio, un precio elevado como ella cuenta: una policía herida de gravedad y un joven muerto que equivocó su camino y tomó un atajo hacia el cementerio cuando todavía no era el momento y podía explorar otros modos de vivir o, quizá, solo adelantó un destino sin posible enmienda fijado desde el nacimiento. Seis meses tardó Alicia en recuperarse de las heridas que le infligieron; por matar a un joven aún tiene remordimientos: cuando la conciencia está bien formada, con los referentes morales bien puestos, una muerte atormenta, condena, aflige, arrastra el alma a un cautiverio, aunque sea en defensa propia, aunque a quien se mató fuera perverso, inicuo, asesino, pero la conciencia moral no permite convertirlo en un objeto; se esfuerza en recordarle que era humano, sagrado porque llevaba un alma divina en el sagrario de su cuerpo, aunque tan solo pareciera un joven rubio y necio que no aprendió a pensar o se negó a hacerlo. Ahora, Alicia, en su tormento, lo convertía en persona, porque lo pensaba de forma diferente a lo que se deducía de sus hechos.

El patrimonio de la culpa pertenece a los sujetos honestos, y Alicia lo es, no me cabe duda; lo puedo leer en su mirada afectada por una sombra de pesadumbre sobre sus inquietantes ojos negros, que miran y parece que miran hacia adentro, hacia las partes recónditas que mantengo en silencio, no sea que descubra lo que me daña, avergüenza o mutila la vida como una infestación por gusanos del cementerio.

Por eso no descansa bien; no quiere hablar del tema porque los demás, compañeros, amistades y familiares, en necios gestos inconscientes de su duelo, la exoneran de una pena que ella no se quita de encima y no tiene resuelta. Mantiene el acontecimiento en una memoria despierta, como si esperara una retribución o la absolución de su deuda. El olvido no la convence, porque deja la herida abierta, impide la continuidad de la vida y califica como imperdonable la acción que le permite permanecer viva a costa de una muerte. Sufre porque —como San Agustín afirmó— es peor la pena de la culpa que el castigo de la responsabilidad.

Piensa, como Sócrates, que hubiera llevado mejor la propia herida que el mal ajeno. Lo acaecido se le presenta con la arrogancia de lo irremediable, de lo que es porque ha sido y se hizo su lugar en el universo desplazando otra posibilidad. Acaso prefiriera lo que no ha acontecido —sus sesos perforados y el hijo huérfano— a lo ocurrido. La culpa es siniestra cuando plantea alternativas. La voluntad torcida de aquel joven se diluye cuando lo contempla muerto con la boca abierta y no es capaz de considerarlo de otra forma que no sea una víctima de la mala vida, de una historia ignorada y ahora fantaseada, a la que ella puso fin sin quererlo. Los caminos del remordimiento son intrincados, contienen luces y sombras, sabiduría y también cierta necedad que se empecina en dar por cierto lo que es dudoso y materia de sueños. Yo la entiendo y no le digo nada al respecto. Evito tocar el núcleo del duelo. No quiero caer en el argumento con el que Séneca pretendía consolar a Marcia: que el mal particular que nos alcanza se disuelve en la desgracia universal que nos espera.

Los problemas de conciencia son duros para resolverlos; le hablo de otras cosas, le dejo un libro, comento un pasaje sobre la condición humana que pienso le será de provecho, útil para aclararse, para perdonarse, para seguir viviendo, para controlar el remordimiento. Estos temas no se olvidan, pero se pueden disolver en otros nuevos, ocupar un lugar menos molesto, una forma diferente de verlos, de sentirlos, de entenderlos, para evitar que la historia adversa sea la base de la propia destrucción y del propio desprecio. En una ocasión me confesó que quería quitar de su chaqueta la medalla de honor, porque no hay honor en matar a un joven y rescatar a unas víctimas es deber y, como deber, se convierte en deuda y no requiere de mayores halagos ni reconocimientos. Existe una tensión de significados sobre este asunto: el error cometido, porque existía la opción de disparar hacia una mano, una pierna, el pecho, no como le enseñaron en la escuela de formación, que, en caso de peligro de muerte, el disparo debe ser certero; vida por muerte es el juego. Nada dijeron sobre la culpa sin posibilidad de arrepentimiento ni perdón de los pecados, porque el joven quedó muerto y después resulta que tenía una madre limpiadora y un padre carpintero, que nada sabían de las ocupaciones del hijo, solo que se lo entregaron muerto y ahora visitan su tumba en una calle recóndita del cementerio.

La otra cara de la medalla refleja a las dos jóvenes liberadas, que no reían ni parecían felices porque la vida se oscureció para siempre en aquel piso bajo de calle La Unión y en el prostíbulo donde les consumieron el alma comprando su cuerpo. Aturdidas, con otro idioma en sus labios, instruidas en el lenguaje de la tortura y del desprecio. Su liberación puso la réplica a la muerte, pero aún era una vida moribunda, sin aliento, porque la justicia, para ser justa, debe actuar a su debido tiempo, cuando todavía hay posibilidad y proyecto, no cuando los sueños han muerto y ambas caras de la medalla al valor reflejan lamento sobre lamento.

Alicia parecía atrapada por este sombrío dilema. El malestar de su conciencia me llega como un principio de sabiduría y, a un mismo tiempo, me hace cuestionar mi posición como policía, que siempre o casi siempre llega tarde cuando tan solo nos queda descubrir al culpable, detener al asesino, encarcelar al defraudador, pero el mal queda hecho y, con él, las imprevisibles consecuencias, los motivos para el llanto, para la pena por el recuerdo.

—Agustín, el nuevo comisario quiere verte en su despacho dentro de un momento. Lee el expediente que ahí te dejo. Quiere que lo revises, pues la reunión tiene que ver con su contenido. Tómate tu tiempo, ha salido un momento. Cuando esté de regreso, te aviso.

Después modificó el tono y el gesto de la cara como si quisiera dar paso a otra persona que la habitaba, interesada por mis contrariedades, que algo de común tenían con las suyas y parecían unirnos en una alianza de aflicción.

—A todo esto, ¿cómo está Jairo? —añadió.

Miraba mis ojos con sus ojos negros durante unos instantes para retirarlos enseguida y dirigirlos hacia la ventana para que no compartieran otros mensajes que podía imaginar detrás de sus pupilas llenas de misterio.

—Bien, gracias —respondí.

En lugar de cerrar la conversación con una expresión de cortesía, me dejé llevar por la necesidad de compartir con alguien, sujeta a similares padecimientos, la preocupación por mi hijo, que llevo en solitario, que no comparto con su madre, porque atañe a mis decisiones pasadas y hablar sobre ella con otra persona que no sea Alicia me genera censura y una irremediable melancolía.

—Crece sano, por lo que puedo ver; no sé si por dentro guarda alguna cuita, algún desconcierto por la ruptura de sus padres, por el tiempo que pasé lejos como si no me importara. Temo que eso deje huellas como tus heridas, pero sin cicatrices que permitan preguntar cómo se hizo el daño, cómo se produjo el descuido que lo expuso a esas circunstancias. En fin, no sé... Procuro estar a su lado, sin excusas, hablamos del presente y planeamos el futuro inmediato; poco más puedo hacer.

—Lo que haces me parece correcto, aunque entiendo que te cueste deshacerte de errores pasados. Quizá la herida sea tuya y creas que la tiene y padece él —continuó Alicia, aportando una connivencia maternal que me gustó percibir y me llegó como un lenitivo para paliar mi mortificación.

—Puede ser, no lo había pensado; no había considerado las cosas de esa manera. Como me duele, pienso que también le duele y actúo de forma extraña para Jairo, como si aún permaneciera en otra dimensión del tiempo y nos resultara difícil mantener una comunicación bajo unas mismas premisas.

No quise hablar más de mí, fatigarla con la repetición de lo dicho; con una vez era suficiente para arrojarlo de mi pecho. Cuando alguien pregunta por uno, existe una reciprocidad latente a la espera de que se exprese de la misma forma, por los mismos temas que se han compartido, porque son los que afectan al alma y la cargan con un peso que se quiere aliviar a través de las palabras.

—Dime, ¿cómo te lo montas con Pablo? ¿Cómo consigues escapar de ti y centrarte en él?

—Me esfuerzo, Agustín, me esfuerzo. Confieso que a veces me descubro tratándolo como si fuera el joven que maté, de niño, cuando aún una directriz diferente, un golpe de timón, lo recondujera y nunca me hubiera encontrado con él en aquel pasillo ciego. Como si viera en Pablo los mismos riesgos. Entonces me aterrorizo y le hablo de cosas que para un niño de diez años quedan lejos. Me mira perplejo, como si dijera «¿qué le pasa a mi madre?». Reacciono y vuelvo a la vida cotidiana. No sé si contar con un padre ayudaría, pero decidí llevar a mi hijo sola y no hay vuelta atrás posible.

Llevado por una cierta angustia o por el efecto de un deseo que fermentaba dentro de mí, al que todavía no le ponía nombre ni intención, pero que detectó en las palabras de Alicia una ocasión para expresarse, me precipité en hacerle un ofrecimiento de compañía.

—Si te parece, podríamos salir los cuatro juntos algún día, hacer una excursión a lugares diferentes de los que frecuentamos, sitios que propicien otras conversaciones, que se conozcan. Lo mismo se hacen amigos o compañeros de juegos.

Alicia no recogió mi propuesta como algo que le interesara, más bien como si la incomodara, como una oferta para organizar su vida por otra persona y perder el control sobre la suya y la de Pablo, como un acceso de inseguridad que la llevara hacia un territorio temido.

—Lo pensaré —respondió, mientras acercaba los documentos al centro de la mesa, para darme a entender que me ocupara del expediente y de la reunión con el comisario y la dejara hacer su vida, sin meterme donde nadie me llamaba, que no confundiera conversación, intercambio de ideas, preocupaciones y sueños, con acciones que se derivaran de las palabras pronunciadas.

Recibí el mensaje con claridad y no insistí. Le di las gracias y comencé a leer los treinta y ocho folios que componían el documento encuadernado en pastas amarillas con su número en el encabezamiento y un epígrafe en el centro:

Fallecimiento de D. Gabriel Jiménez Centeno.
Confidencial. Juzgado de Instrucción número siete.

Antes de que su figura desapareciera y dejara el aire del marco de la puerta vacío de su presencia, sustituido por el tabique gris de fondo del que un cuadro sin gracia cuelga para ocultar la desnudez tosca y fría del muro, desangelada, sin el afecto y la calidez que revisten las paredes de las casas en las que alguien se esmera por crear un ambiente de hogar, de bienvenida y bienestar que sea refugio de penas y albergue de alegrías para los que allí habitan, llamé su atención por última vez:

—Alicia, ¿qué te parece el nuevo comisario? ¿Hay novedad o tan solo continuidad con cambio de nombre?

—Lo conozco poco, es reciente su llegada. Todavía hay varios inspectores como tú que no han tenido un trato personal. No le ha dado tiempo entre los encuentros con las autoridades del municipio y con el delegado del gobierno. Ahora podrás comprobarlo por ti mismo. Mi opinión precipitada es que parece buena persona, accesible, con ganas de caer bien, sin el colmillo retorcido; es joven, procede de la gestión; la calle no lo ha maleado. Pero, ya sabes, el cargo es por designación, tiene que responder ante el gobernador. Ya me dirás después. Hasta luego, que todavía me quedan varias reuniones por organizar.

Se alejó silenciosa, sin añadir más comentarios. Dejó una decepción dentro de mí, una convicción de imposibilidad. La distancia que sus pasos establecían era mayor que los pocos metros que nos separaban: abrían una dimensión de desapego o de indiferencia que hacía de Alicia alguien inalcanzable, sumida en un mundo cuyas barreras infranqueables yo no alcanzaba a entender: el rechazo de cualquier interferencia en su trato con el hijo, la convicción de que ninguna compañía sentimental podía paliar su soledad, su renuncia al abandono de su vida organizada para permitir la entrada de terceros; en resumen, en ella parecía fraguarse una misantropía que la mantenía precavida ante cualquier engañoso enternecimiento. Estaba convencida, como Freud, de que no se encontraría tan a merced del sufrimiento como cuando se entregara a la incierta oferta del amor, porque los lazos que crea son tenues y pueden acabar en una amarga calamidad, como parece que le ocurrió y todavía lo tuviera presente.

Observé su figura recorriendo el largo pasillo. Su belleza era simple, real, sin necesidad de literatura que la transfigurara en alguien diferente. La tosquedad del uniforme no permitía hacerse una idea de cómo era su cuerpo; custodiaba las dos cicatrices de las heridas de bala ampliadas con las quirúrgicas que fueron necesarias para preservar la pierna de la gangrena y el brazo de la paresia; solo su rostro permitía imaginarla, y en su rostro, la profundidad de su mirada que determinaba una belleza reservada para una contemplación más serena y prolongada, la que inquiere sobre el alma, accesible nada más que para los poetas y los pintores flamencos y vedada para cualquiera que pretenda enamorarla. Me serené, dejé de pensar en ella, abandoné la idea de cortejarla, porque mi interés era también confuso, acaso tan solo por compartir lágrimas, no vida ni entusiasmo, más bien un refugio para el desamparo. Era mejor mantener nuestra relación de esta manera para que ella no me rehuyera por temor a una declaración de afectos, una relación de promesas, el vano intento por convertir el deseo en virtud simulada y embustera.

II

Mi relación con los jefes no ha sido mala. Mi padre no era autoritario, dejaba hacer; tal vez le faltó ejercer sus atribuciones de poder con decisión en algunos momentos, cuando un joven no debe ser dejado a la deriva de sus decisiones precarias alimentadas por emociones confusas y pensamientos errados, y requiere de una dirección que guíe y alerte del desperdicio de la vida, porque no todo tiene que aprenderse a partir de la propia experiencia, sino que la admonición sabia y enérgica previene de muchos males y, a la larga, se agradece.

Ser padre y ejercer como tal lleva consigo deberes, obligaciones que van más allá de la nutrición y la educación. Afectan a la orientación en la vida, a la seguridad personal, al desarrollo de las propias capacidades para que no se desperdicien en senderos vanos de los cuales se lamente en el futuro, cuando no hay vuelta atrás y el presente se convierta en una queja sin respuesta.

Si como padre no se ejerce, esta forma rebajada de poder que es la autoridad paterna se delega o se entrega a otras figuras que toman el lugar dejado vacío, no siempre con el adecuado compromiso, con la misma entrega, con la obligación de cargar con las consecuencias.

Cierto es que toda autoridad tiene sus excesos, su mal uso, sus efectos perversos, pero, entre el ejercicio maligno, el cobarde abandono o el narcisista método de querer brillar a través del hijo, existe una franja necesaria, exigente, que pretende acoger al hijo, librarlo de pesadumbres, estimular sus facultades, instruirlo en lo bueno, advertirlo de lo malo, aspectos que no siempre el padre tiene claros y que requieren indagación, reflexión con el hijo, acompañamiento, abandono de los empecinamientos absurdos, refugio de la ignorancia y del miedo, reconocimiento de lo que otros aportan y respaldo de las palabras con los hechos. La relación con Jairo tiene estos elementos, o, al menos, procuro no carecer de ellos; es posible que la intelectualice cuando no es tiempo, es decir, caigo en la vana tarea de dar argumentos que él todavía no puede contestar, y lo que no se puede responder, rebatir, dialogar, porque no se entiende, no se acepta y se obedece como imposición sin convencimiento.

El jefe no es padre, pero tiene atributos para serlo: debe reconocer las habilidades de su plantilla para estimularlas, detectar las actitudes inadecuadas para corregirlas e impedir que contaminen el ambiente; distinguir las alianzas sediciosas que envenenan y crean autoridades paralelas que conspiran contra las líneas de trabajo, minan órdenes, desacreditan personas; también posee, a menudo sin saberlo, capacidad de consuelo, que es su instrumento más poderoso y olvidado.

Algunos jefes prefieren mantener equipos divididos, favorecer a un grupo de adeptos y relegar a otros que cargan con los peores servicios y destinos; los anima una estrategia, cuando menos, cuestionable: la de que el sujeto humillado tiende a someterse y a guardar una lealtad temerosa.

Otros delegan todo en los equipos para ocuparse de su carrera política, de estar presentes en todos los acontecimientos al lado de políticos, arzobispos y empresarios arribistas. Solo aparecen cuando los errores se hacen públicos y pueden manchar su reputación.

No sé cómo será este nuevo comisario. El anterior era distante, aunque de vez en cuando se pasaba por mi despacho para decirme:

—¿Cómo va la cosa? La gente se impacienta, Camacho; no sé cuánto tiempo podré mantenerte más al cargo sin que me corten los huevos. Tú verás.

No recuerdo otra expresión; después se marchaba con la misma prisa con la que vino: no esperaba respuesta, solo quería lanzarme la amenaza velada, crear la herida, desentenderse de mis conflictos y preparar el terreno para la destitución. Ahora lo han destinado a otra función. La versión oficial dice que, por desencuentros con el delegado del gobierno; la comidilla, que opta por la explicación más maliciosa, afirma que se le fue la mano en una discusión con la mujer y ahora le viene un juicio por maltrato, la mancha en el nombre y la incompatibilidad con el cargo.

El comisario Montero es un hombre algo menor que yo, quizá tres o cuatro años, que viene trasladado tras su paso por Córdoba y una breve estancia en dependencias centrales de Madrid. Es probable que para recibir instrucción sobre nuevas directrices: los altos cargos de cualquier administración tienen una exigencia política, una obligación para prestigiar una línea de actuaciones decidida por personas ajenas a su oficio que desean modelar la realidad hacia la dimensión de sus deseos, de sus compromisos de campaña, por si la realidad les es favorable y se deja modificar con la plasticidad de la arcilla que acaricia el alfarero.

No es necesario conocer un ámbito de la competencia del Estado para saber dirigirlo, llevarlo con debida prudencia, sin renunciar a las exigencias superiores. Es más, los mejores directores parecen ser los que desconocen su parcela: preguntan, sopesan,

indagan opiniones, revisan jurisprudencia, publicaciones, experiencias ajenas, antes de tomar las decisiones, elaborar las órdenes
y exigir obediencia.

Los que tienen recorrido dentro de la Policía, en mandos
intermedios o conocimiento de la calle, corren otros riesgos: a
menudo, dan un valor absoluto a su experiencia, creen que su
sabiduría es la cierta, que nadie que venga con estudios y titula-
ciones puede sustituir sus años de trabajo arduo contra el crimen,
las maldades, los fraudes, las horas de vigilancia por las calles
atestadas o desiertas. El contacto reiterado con la delincuencia, la
vida precaria de los suburbios, las hacinadas barriadas obreras, el
elevado índice de paro, los fracasos en la escuela, las actividades
clandestinas, los consumidores de drogas con sus consecuencias,
los camellos de poca monta, las viviendas descuidadas, repercuten
en la sensibilidad de los agentes.

La policía de calle se encuentra a riesgo de hacerse una visión
sesgada del mundo, a la que añade una interpretación inadecuada:
la que responsabiliza a los individuos de sus circunstancias como
si no se les impusieran desde el nacimiento, como si no existiera
un destino implacable en desarrollarse como sujetos con estas
condiciones adversas; entonces, compran el mensaje de la derecha: mano dura contra los muchachos insolentes, estrafalarios,
agresivos, que planean delitos en los barrios, en las calles, lejos
de los despachos.

Atribuyen al sujeto concreto toda la responsabilidad, con
ceguera y rechazo de los condicionantes.

El prejuicio se hace absoluto, la malicia y la depravación
se vinculan con la tez del rostro, el acento que se pronuncia,
la indumentaria elegida, el modo del balanceo al caminar, y se

atribuye al sujeto el perfil de delincuente, sin conocerlo, sin saber sus carencias, sus temores, sus sufrimientos ni sus aspiraciones. Pertenece al reino cerrado de la conciencia mitológica; renuncia al conocimiento, porque es incapaz de descomponer el material de sus impresiones subjetivas en comprobaciones metódicas de causas y efectos. No ejercita la razón para validar sus argumentos. Tan solo los llena de casuística seleccionada para lo que se quiere demostrar. Tiende a confirmarse por sí mismo, renuncia a la incorporación de la realidad que lo impugna y se reafirma mediante la repetición de sus consignas, por si la vana repetición ejerce una forma de convencimiento al grabarse en las conciencias.

El policía que se deja arrastrar por el prejuicio se sitúa en un deslizadero: pretende establecer la ley situado fuera de ella y vulnerando normas morales. Podrá convertirse en el protector que aterroriza a quien dice proteger, situarse a un paso del servilismo totalitario. No tengo claras las razones que me han preservado de acabar seducido por esta actitud y me mantienen próximo a la de los guardianes de la república de Platón, ocupados en el estudio a fin de conocer lo bueno y alejados de las comodidades innecesarias para cumplir su función: los principios que me han permitido rechazar el continuo llamado para adquirir esta mentalidad y, con ella, ser considerado como uno más dentro de la plantilla, solidario, concienciado, connivente con los excesos verbales, las afirmaciones machistas y los conceptos arcaicos de la derecha para explicar el mundo y la estructura social. Para aceptar que el pasado era mejor, con orden, todo en su lugar, las personas y las cosas, las afirmaciones de la autoridad, la naturaleza y las mujeres sojuzgadas por los varones que mandan y organizan los comportamientos. La duda me ha despojado de la servidumbre al prejuicio y, al igual que Descartes, solo a través de su complicada senda, me conduce hacia la precariedad de la certeza y llegar a ser alguien que siente y se atreve a conocer cómo los demás piensan para comprender o rechazar los motivos por los que conducen sus pasos y explican sus actuaciones.

—¿Da su permiso, señor comisario? ¿Está usted disponible o vuelvo en otro momento?

—Pase, Camacho, siéntese. Enseguida lo atiendo —me dijo, señalando el lugar ocupado por dos sillas para que escogiera donde esperar que diese por concluida la llamada que lo mantenía ocupado.

Elegí la que me permitía mirar por la ventana el cielo azulado, salpicado de nubes finas, blancas, que se desplazaban despacio en su viaje hacia el Este, llevando consigo las esperanzas y los desalientos de quienes las observamos, insensibles a su paso a las historias que dejan debajo. No puse la mano en el auricular para dar a entender a la persona con la que hablaba que había que terminar pronto, que otras obligaciones lo esperaban. Por el contenido, alcancé a deducir que era llamada oficial, no doméstica, que se corta más rápido.

Como el emisor parecía no recibir el mensaje indirecto para que limitara el tiempo y diera por concluida la conversación y, tal vez, porque prolongar el asunto me permitiera enterarme más de la cuenta de temas confidenciales lejos de mi incumbencia, Montero se alejó con el teléfono pegado al oído hacia un extremo del despacho para continuar hablando mientras miraba por la ventana y contemplaba el panorama de su nueva ciudad: las avenidas que descienden hacia el mar y huyen del calor tórrido de la corona de montañas que la rodean, las grúas del puerto como cigüeñas gigantescas que con sus picos extraen los contenedores de los buques para dejarlos posados en tierra firme que ya no es tierra, sino hormigón armado y entramado de acero, la silueta asimétrica de la catedral, los pinos de Gibralfaro que bordean la muralla del castillo, y las barriadas con sus gentes ocupadas en ganarse el pan o en arrebatárselo a otro en competencia ciega por la supervivencia.

Montero tiene una pronunciación castellana, silba los plurales con cierta dulzura y parece que se regodea en deletrear cada sílaba para dar a entender que no olvida nada y que cada sonido es bello e importante. Aquí parece que hablamos más deprisa: acortamos palabras, suprimimos consonantes, enlazamos todo lo enlazable en una carrera por comunicarnos rápido como si la otra persona no tuviera el suficiente interés, y si no decimos todo nuestro mensaje, aunque sea de manera precipitada, no recibiremos la atención ansiada y nuestra opinión, comentario o petición quedarían en el olvido sin conseguir el efecto deseado.

—Lo siento, Camacho, parece que hay gente interesada en contactar conmigo lo antes posible. Temas pendientes por resolver, la mayoría organizativos, quejas sindicales, cambios de destino solicitados hace tiempo y pendientes de resolución. Es necesario prestar atención a los descontentos, porque la actividad de la comisaría tiende a estabilizarse hacia el estado de menor exigencia y compromiso. Si no intervenimos para corregir la trayectoria, acabaríamos en la inoperancia.

—Por mí no se preocupe, comisario, puedo esperar; los informes de hoy los tengo finalizados, me esperan un par de visitas a comercios que han sufrido robos esta semana.

—Ante todo, quiero presentarme. Usted forma parte de los mandos con los que trabajaré de forma más cercana; codo con codo, diría yo. Mi nombre es Javier Montero, procedo del Derecho, aunque he cursado Criminología y un máster en Derecho forense antes de ingresar por oposición en el cuerpo, en la parcela de oficiales. Pero no se preocupe. Lo que yo quiero aportar durante el tiempo que esté en este cargo no son imposiciones extraídas de la teoría, sino la organización adecuada para responder a las necesidades de los ciudadanos contando con la experiencia y conocimientos de mi equipo.

—Me parece bien. Toda teoría es buena si interpreta bien la realidad y permite asumir la enseñanza que la vida real proporciona, en lugar de negarla o doblegarla a sus pretensiones. No hay que confundir el mapa con el territorio.

—Bien, Camacho. Me gusta escucharlo; ya me dijo Alicia que es usted hombre de cavilaciones. Tiene buena opinión de usted.

—Y yo de ella, comisario. Trabajamos juntos desde hace algunos años y siempre nos hemos respetado, considerado y apoyado en los momentos adversos.

Me halagó que Alicia no solo tuviera buena opinión de mí, sino que no dudara en compartirla con otros, como si disponer de una imagen elaborada de mi persona supusiera mi presencia en su memoria cuando nos encontrábamos separados; que pensara en mí cuando no existía la imposición de mis palabras, de los trabajos comunes, de las quejas, para hacerme presente, temeroso de que después me desvaneciera sin ocupar un lugar entre sus pensamientos.

—He revisado su hoja de servicios para conocerlo un poco mejor, enterarme de sus capacidades y compromisos con el equipo. Observo que de forma precipitada lo retiraron del expediente Balbuena, a pesar de que usted aportó pruebas concluyentes. ¿A qué se debió?

—El asunto se prolongaba; la opinión pública, impaciente, exigía una respuesta y esta fue la que consideró adecuada el comisario Mohedano, su antecesor.

—Sin embargo, pienso que usted realizó un excelente trabajo, paciente, minucioso, entregado, en el que se podían observar progresos. No estaba estancado. Los delitos se cometen de forma acelerada; nos avasallan, por así decirlo. Recomponer la situación sin vulnerar la ley es tarea difícil, lenta por necesidad. Soy de la opinión de que, mientras exista trabajo diligente, aportación de nuevos indicios, vigilancia de sospechas bien argumentadas, no podemos acelerar los pasos con el riesgo de desmoronar la instrucción. Para mí, su trabajo fue correcto, Camacho, tengo que felicitarlo. Quizá Mohedano sucumbió a presiones superiores que se impacientan por la intromisión de la prensa e incomodan a los políticos que acaban por llamar a nuestra puerta y exigen cambios, avances o dimisiones. Nuestra posición es comprometida, usted debe saberlo. En ocasiones nos tienta aplicarnos lo que se aplica a Dios: si el culpable no existe, habrá que inventarlo.

—Lo sé, comisario, no guardo resentimientos. Le agradezco su comentario, porque pagué un coste elevado en lo laboral y también en el ámbito personal.

—¿Le importaría ser más explícito? Tenga la seguridad de que me mueve un interés sincero por conocerlo y comprenderlo, no una inútil morbosidad.

—No lo puedo explicar de forma exacta, todavía tengo abiertos interrogantes sobre mi conducta, mi estado en aquellos momentos. Mi conciencia entró en un letargo, quizá por las características del caso: mujer joven muerta por tres puñaladas, peluquera, buena hija, esperanzada en una mejor vida; me dejé arrastrar por la investigación y descuidé a mi familia. Mi mujer no lo soportó y decidió divorciarse. Pensó que nada cambiaría en el futuro y que a un caso seguiría otro, y que yo no tenía la capacidad para mantener los límites precisos entre vida laboral y familiar, como si una fuera más real que la otra. ¿Qué le puedo decir? Me ha ocurrido lo que a otros compañeros: el trato próximo con el mal, en ocasiones el mal extremo, parece endurecer, aturdir, y también seduce para reproducir en el comportamiento doméstico sus formas y excesos. Le otorgamos un valor absoluto a nuestras actuaciones y, desde esa perspectiva, cualquier solicitud de nuestro entorno nos parece superficial, hasta frívola: dos planos de juicio sin lugar común de encuentro.

—Asunto interesante, Camacho. Creo que nuestros psicólogos deberán orientar sus esfuerzos hacia el cliente interno, la plantilla, me refiero, para comprender esto de lo que me habla, que conlleva sufrimiento y malestar en el ánimo. Si me permite, me gustaría que habláramos más a fondo sobre este asunto en otro momento. Ahora quiero comentar con usted el caso del expediente que Alicia le ha entregado. Tengo la intención de encargárselo a usted y darle la autoridad sobre el equipo de colaboradores con el que contará.

—A su servicio. Dígame.

—Se trata de la muerte de un hombre de cuarenta y cuatro años, economista y diplomado en Derecho, miembro de la familia Centeno, propietaria de la inmobiliaria de su mismo nombre dedicada a la promoción de urbanizaciones por toda la costa andaluza. Ha aparecido muerto en su casa, acostado en su lecho, desnudo, sin violencia aparente. Todo indicaba una muerte súbita, cardíaca, triste, inesperada, pero natural. Así la familia lo asumió en un primer momento. Sin embargo, exigen una investigación más exhaustiva, porque no les cuadra una muerte natural en un hombre sano; quieren evitar especulaciones, habladurías, y temen que algo acabe en el dominio público y afecte a la reputación del fallecido y, por extensión, a la de ellos. Aún no conocen el informe del forense que ha dado un giro inesperado al caso, que se abre a una posible intervención de otras personas y, tal vez, a una intención criminal.

—Entiendo. En el expediente constan dos entrevistas: una a la hermana y otra con el padre. Son dos conversaciones con el agente, con preguntas cerradas sin entrar en más indagaciones; más bien, una primera recogida de datos que supongo que se hizo superficial por la convicción del agente de estar ante una muerte súbita. Más que un descuido, observo discreción; la parsimonia debida para no inquirir más allá de lo necesario. Sabemos que, hasta que no tengamos material suficiente, no será posible aproximarse a la mente de la víctima, también a la del posible criminal y, por encima de todo, a la verdad del acontecimiento que los mantuvo cercanos, unidos, a voluntad o contra la de alguno. La investigación debe acceder a una forma de encarnación, de presencia posterior en el hecho, como un protagonista añadido y molesto.

—Así es. Tenga en cuenta que se realizaron antes de disponer del informe forense que me llegó ayer y que da un cambio imprevisto a su muerte. Su familia es católica, practicante, comprometida en actividades de la Iglesia. He citado al padre y la madre del finado para comunicarles los hallazgos de la autopsia. No sé cómo reaccionarán. Creo que usted demostró delicadeza en el trato con la familia Balbuena y ahora le pido el mismo tacto. Avance sin restricciones, pero con la debida cautela y mesura que demostró en su momento. Es familia con importantes relaciones sociales, algunas en altas esferas, lo que hace el caso proclive al interés mediático que, como usted sabe, implica interferencias e investigaciones paralelas. También observarán nuestros pasos. Tenga prudencia.

—¿Puedo disponer del informe forense para añadirlo al expediente que conozco? Los datos llamativos pueden distraer la atención de los investigadores y permitir que pasen desapercibidos aspectos de mínima apariencia que después se tornan cruciales para resolver un caso.

—Por supuesto, tenga usted.

—¿Están disponibles las direcciones y teléfonos de los familiares? Tengo que establecer las primeras fuentes que me permitan reconstruir el pasado y disponer de un acceso, aunque sea parcial y limitado, a la víctima y su entorno. Necesito elaborar una imagen del señor Jiménez con la que trabajar. Pienso iniciar el trabajo a partir de ellos.

—Disponemos de un primer listado inicial y limitado. Tendrá que ampliarlo por su cuenta. Dígame, Camacho, ¿es usted persona creyente? Perdone mi impertinencia, no tiene por qué contestarme. Lo pregunto porque en grupos en los que la religión es importante suele existir recelo hacia las injerencias externas, procedan de investigadores, psicólogos, psiquiatras o pedagogos de las escuelas. Una cierta defensa, una suspicacia si se quiere, y también una inseguridad de que vayan a zarandear los principios en los que se sustenta su creencia, ante la posibilidad de ser censurados, incomprendidos o enjuiciados por personas que no comparten los mismos criterios y quieran imponerles otros diferentes. Tal vez sea por eso por lo que las personas religiosas tiendan al sigilo, a llevar sus prácticas en la intimidad, a evitar observadores, porque se saben sin argumentos objetivos y temen que su subjetividad sea cuestionada. Es necesario trabajar con tacto.

—Muchas cosas creo, ¿por cuáles me pregunta? —respondí con ironía, sin parecer molesto, porque no me perturba hablar de lo íntimo, de lo que pienso en secreto, que parece la parte de la vida y del pensamiento más genuina, más próxima a la verdad de lo que uno pueda ser. Procuro no tener ninguna parcela cerrada al entendimiento para ser descrita, definida, comprendida, aunque después la censure o no le dé consistencia, pero la mantengo conocida; no me tienta lo prohibido ni me estimula lo permitido, tan solo me conduzco como un ciudadano oscuro, mediocre, sin luces, eclipsado por un astro que detuvo su camino y me dejó en penumbra.

—En Dios, Camacho, en Dios —reiteró. Tomó distancia sobre mí al retreparse en el respaldo de su sillón. Una postura que no me agradó porque modificaba la posición próxima, igualitaria que hasta el momento presentaba, por otra con aire de superioridad, de juicio sobre mis palabras y potenciales confesiones. Se me antojó como una manifestación sobre quién ejercía la jefatura, que, llegado el caso, definiría nuestra relación aspirante a la subordinación en las órdenes y también en las opiniones y criterios.

—¿En cuál dios, mi comisario? —respondí, con otra pregunta para librarme del aspecto de interrogatorio que tomaba la conversación y permitir que el comisario se implicara, que revelara intenciones, consignas ocultas para tener presentes durante el desarrollo del caso.

—En el católico, el cristiano, el de nuestra cultura. ¿Cuál va a ser, si no?

—Entiendo. Me sorprende que este tema de las creencias lo comparta con usted durante nuestro primer encuentro. Existe una censura social para hablar de la trascendencia. También de la política de la cual no se dialoga, sino que se impone como un reclutamiento de lealtades, como una confrontación de opiniones y sensibilidades, sin interés en los acuerdos ni aceptación de las impugnaciones.

—Me he atrevido a sacar el tema porque veo en usted un hombre reflexivo, abierto, no un seguidor de doctrinas a su conveniencia.

—No se preocupe, comisario, no me incomoda adentrarme en estos temas; es más, siento cierto alivio en compartirlos, aunque cuando se habla, no se sabe a quién se habla, en este caso, a usted, si lo perturba, lo enoja, lo decepciona, o si lo alienta en sus propios interrogantes. En definitiva, no sé a quién me dirijo y usted a quién escucha.

—Acepto el desafío, Camacho. Le aseguro que no me mueven ocultas intenciones. Le confieso que me emociono con la Semana Santa, que algo inconsciente se remueve dentro de mí cuando contemplo las imágenes y escucho las saetas y los rezos y aspiro el aroma de las velas y de los inciensos.

—Le creo, Javier, le creo. Además, no tengo pudor en hablar sobre este tema. Diría que mi fe está exhausta, casi extinguida como la llama de una vela que se agota hasta ser apagada por la cera fundida que antes la ha sostenido y permitido que brille su luz. Como el loco de *La gaya ciencia* predecía, ningún asesinato libera a quien lo ejecuta; deja su carga de culpa en la conciencia y la nostalgia por lo perdido.

—No me resulta ajeno su discurso, Camacho, créame. Cuando uno está puesto como la máxima autoridad contra el mal en una provincia, se hace preguntas, busca respuestas más allá de organizar brigadas, vigilar ciudadanos, descubrir crímenes, encontrar pruebas; necesita una fuente de energía, un recurso que a la gente le dijera que está en su mano reducir el sufrimiento, al menos, el mal de acciones. Pero el egoísmo es recio, sólido, bien respaldado por convincentes argumentos que desechan toda injerencia sobre las conciencias. Le agradezco su sinceridad; espero encontrar en usted no solo un compañero, un interlocutor adecuado, sino también un amigo.

—Me honra su deseo, Javier, cuente con mi aprecio.

—No lo entretengo más por hoy. Estudie bien el caso y ponga en marcha sus indagaciones. Le ruego que cada cierto tiempo me ponga al día de los avances y de las dificultades.

Nos despedimos con un apretón de las manos por encima de la mesa que nos separaba o nos acercaba como una superficie para el encuentro, para el apoyo de los brazos, para extender un pliego, escribir una nota, mirarnos a los ojos con la distancia precisa del respeto, escudriñar gestos, recibir las palabras con el volumen adecuado a la confidencia, al secreto.

Abandoné el despacho. Meditaba más en nuestra conversación, en la deriva del pensamiento, que en el caso: «el hombre muerto con un desgarro en el recto», según pude leer en una frase al vuelo del informe forense.

Hay toda una simbología en este tramo final de los intestinos, el que más aparece en el lenguaje, como insulto, misterio, repugnancia o deseo. Me dispuse a meditar en ello, porque algo me revelaría sobre el fallecido y sobre los posibles implicados, sobre la censura e incomodidad que aportaba al caso.

Nada en el lenguaje es inocente; conduce directo hacia el pensamiento y, desde allí, a la voluntad con sus deseos y encubrimientos, las dificultades por querer lo que se quiere o de rechazarlo porque se teme. Por el momento, trabajaría con la diligencia común, recopilaría datos, opiniones y pruebas para elaborar las hipótesis e indagar en la viabilidad de las explicaciones.

III

Varón de 44 años, caucásico, de complexión atlética. Su nombre corresponde a las iniciales G. J. C. Acreditada su identidad por la fotografía del documento nacional, la corroboración con la base de datos de huellas digitales y por el reconocimiento ante el juez por parte de dos familiares. Encontrado en su cama, en decúbito prono, desnudo. Por las lividencees acumuladas en el tórax y en la cara anterior de los muslos, la muerte sobrevino a las 6 a. m. No se observan hematomas por contusiones, heridas de arma de fuego ni de armas blancas. El cráneo, indemne. En las extremidades no existen lesiones de sujeción, ni estigmas de punciones con agujas. No presenta tatuajes. Apertura medial del tórax: pulmón distendido sin hemorragias, la víscera cardíaca no presenta áreas de necrosis, la disección de las arterias coronarias no pone de manifiesto estenosis por ateromas o trombos. Se toman muestras para examen por parte de Patología y de Toxicología. Abdomen abierto mediante sección semicircular en U de sus paredes: vísceras intactas sin lesiones ni focos necróticos. Sangre coagulada. Se toman muestras para examen patológico y toxicológico. La inspección de orificios pone de manifiesto dilatación del ano y desgarros en la mucosa rectal, recientes, sin cicatrizar. Se toman muestras para laboratorio. Boca libre de contenidos extraños. Se toman muestras de mucosa nasal y oral para estudio toxicológico. Causa presumible de muerte: muerte súbita por parada cardíaca, probable arritmia maligna dada la ausencia de áreas necróticas en la víscera. Pendiente de informe de anatomía patológica y toxicología.

Desgarro resuena a cierta violencia; la trae adherida a la palabra como la carne pegada al esqueleto, consentida o no, perpetrada por él mismo o por otro sujeto acompañante, un exceso en el estímulo que detuviera el corazón lanzado a un ritmo frenético, una consecuencia imprevista durante el acto sexual elegido, si es que hubo sexo o, tal vez, castigo, dolor infligido sin otro objeto que el sufrimiento. El crimen produce otros desgarros, una grieta en la realidad. A través de esta sombría abertura, podemos contemplar escenarios y personajes: quienes lo perpetraron, quienes lo sufrieron y las condiciones sociales que lo hicieron posible. En definitiva, nos permite reflexionar sobre cómo puede articularse el mal hasta convertirse en un daño concreto y absoluto cuando alcanza a su víctima.

Estos interrogantes me obligan a indagar entre familiares confidentes que conocen lo que otros ignoran porque no se atreven a saberlo y se mantienen en el secreto simulado que se confiesa en la intimidad del encuentro de no más de dos y se evita, porque molesta o se teme o trastorna los sentimientos, en las reuniones familiares; preguntar a los amigos cercanos con los que se compartan intimidades, la libertad de ser quien se es o se quiere ser, parejas complacientes que ponen escasos límites a algunas prácticas del sexo que bordean el riesgo del daño tan cercano al placer, acaso mantenidas en oculto, pero conocidas en ambientes selectos en los que las personas afectadas por las prohibiciones morales, los estigmas perversos, la incomprensión del curso inexplicable de los deseos, se encuentran en penumbra, con la alegría efímera del alcohol que circula por la sangre e impregna el cerebro, y la tranquilidad de que allí todo se entiende, aunque también se juzgue y se guarde información por si se hace necesaria en algún momento en el que las circunstancias se vuelvan adversas y haya que defenderse.

Informe toxicológico: Se detectan en la sangre del fallecido y en la necropsia de la víscera hepática elevadas concentraciones de midazolam y de metabolitos de la cocaína y una concentración de alcohol de 3,65 g/l, que permiten suponer que el sujeto estuvo sedado después de consumir cocaína, dando tiempo a su transformación parcial. Es posible que la benzodiacepina potenciada por el alcohol le produjera una insuficiencia respiratoria o también que un consumo importante de cocaína le motivara una arritmia maligna causante de la parada cardíaca. En la muestra de mucosa rectal se aprecian restos de cocaína no metabolizada; pudiera ser la vía principal de entrada del alcaloide.

Los nuevos datos, que hoy obran en mi poder, complican el asunto. ¿Qué fue antes, qué fue más intenso: la sedación o la excitación? Si el estupor precedió a la sobredosis, resulta poco probable que, como un automatismo, el señor Jiménez Centeno, se administrara la dosis equivocada. Posible, pero poco probable; haría falta al menos un colaborador que, durante la precipitación hacia el sueño, le facilitase el polvo y ayudara a introducirlo por el recto.

Más plausible sería aceptar que el consumo de cocaína se verificó primero, quizá varias dosis seguidas que alarmaron al fallecido o a sus acompañantes, e intentaron calmarlo con el sedante cuando aún podía deglutir. No descarto el final trágico de un juego de consumos tóxicos, que mucha gente realiza cuando combina potenciadores de los efectos con atenuantes que permiten una falsa sensación de control.

A menudo aparece el amigo avezado que alardea de dominar el asunto y se convierte en el guía consentido de los desmanes. Propone nuevas vías de administración, más rápidas e intensas, que añadan al efecto del tóxico las expectativas de placeres desconocidos y experiencias reveladoras de mundos por contemplar, clausurados para los cerebros sin la adecuada estimulación.

Resulta curioso cómo la gente se informa, lee los prospectos, desconfía del médico a quien exige titulación, experiencia y responsabilidad sobre sus decisiones, a la hora de tomar los medicamentos prescritos, y consume, sin pedir garantías ni competencia, las más extrañas combinaciones químicas realizadas en laboratorios sombríos sin higiene ni supervisión, resguardados por la clandestinidad que nunca responderá de los efectos adversos que experimenten los consumidores.

Los gustos, las prácticas sexuales, las pulsiones, los deseos resguardados de los imperativos de la conciencia, las impetuosas maneras con las que el placer se expresa son variados, diversos, se gestan en la intimidad o en la soledad, donde nadie observa. El deseo a veces de ser deseo se avergüenza, no es omnipotente como los surrealistas afirmaban o se obstinaban en pensar que lo fuera, y entonces se camufla, recurre a la ocultación que lo reviste con vestiduras perversas para que permanezca desconocido, censurado, malentendido y difamado, pero nunca pierde el poder de modelar al sujeto con representaciones insospechadas que contradicen lo que de él se piensa y se tiene por cierto, porque respalda sus intereses, le da coherencia con su modo de vida y sus aparentes creencias. En la intimidad, los deseos tienen escasos límites morales, que se reprimen en la aparición pública y se tergiversan, adaptándose a las buenas maneras y a lo que de cada cual se espera. Se reviste de una marca de infamia para aparentar que se rechaza con todas las fuerzas aquello que palpita y llama hacia el disfrute de la vida, y, en ocasiones, más frecuente de lo que se piensa, hacia el sometimiento, la violencia y el gozo con el sufrimiento ajeno.

Los comportamientos ajenos contienen una sorpresa: demuestran que existe otro mundo diferente del que presumimos absoluto, que se rige por otras normas y que abre las puertas a su conocimiento y, quizá, a cuestionar el nuestro. La reacción ante el cuerpo con el estigma de abyecto da cuenta de la tradición que lo ha reprimido y agredido hasta el exceso criminal. Sócrates afirmaba que el amor es carencia absoluta y activa, sin bondad ni belleza; por eso las busca, las desea con vehemencia, con apariencia de demonio, aunque no sea nada más que el pálpito de un corazón humano que huye de la pobreza.

—Gracias por recibirme, señor Centeno. Soy el inspector Camacho, de la brigada de homicidios. El comisario Montero me ha asignado el caso y proporcionado los primeros contactos para hacernos una idea verosímil y adecuada sobre lo que ocurrió con su primo, el señor Gabriel Jiménez. Reciba mis condolencias.

Centeno optó por celebrar nuestra entrevista en su despacho situado en el edificio propiedad de la constructora que llevaba el nombre de la familia como emblema de su fachada: unas espigas del cereal que sostenían las letras entre sus granos daban forma al logotipo. De esa manera, el inmueble emparentaba con la familia al llevar la misma marca de pertenencia.

El apellido del abuelo definía el grado de dignidad que corresponde a cada miembro que lo lleve en su secuencia trastornada por bodas y nacimientos: por la vía de las mujeres, el Centeno se alejaba; por la de los varones, se mantenía en lugar privilegiado; parece conferir más derecho de pertenencia o de responsabilidad para mantener el prestigio, la carga del legado, la continuidad de la empresa, un signo añadido de patriarcado, como si la recombinación de los genes obedeciera a leyes de herencia diferentes de la mera genética y regalara virtudes y conocimientos. Soy consciente del peso que la cultura deposita en la herencia biológica para que perduren privilegios y desventajas. Los argumentos basados en la naturaleza son débiles y manipulables; por eso los controlo, para que no desvaríen y se presenten como recursos insensatos que amparan discriminaciones graves. Era el nieto del fundador ya fallecido, que tuvo tres hijas y un hijo, todos Centeno. El que me recibía procedía de la rama del hijo. Su padre también se dedicó a la empresa, a extenderla, a hacerla más competitiva dentro del mercado.

Las hermanas colaboraron cada una a su manera. Una de ellas participa de forma directa en los negocios; las otras dos aportan sus maridos, que contaminan las decisiones con apellidos advenedizos, a los que no les corre la sangre por las venas, pero la ambición los emparenta. Gabriel Jiménez es hijo de una de ellas, que casó con un abogado y economista que encontró rápido asiento en el consejo de administración de la constructora y la aprobación del abuelo fundador.

Me encontré con un hombre al que calculé una edad similar a la del fallecido, alto, más alto que yo, al que tenía que mirar levantando los ojos hasta dar con los suyos situados en un lugar más elevado, como quien mira a un ministro, como quien mira a Dios.

A veces, la condición física respalda la social y a las personas de buena posición también parece acompañarlas la generosidad de la naturaleza, que se doblega servil ante el poder del dinero. Hombre de gestos refinados, lenguaje cuidado, pelo bien peinado, crecido sobre las orejas, ondulado, canoso, le confería un atractivo aspecto de galán clásico que no pasa de moda. Usaba gafas no solo para ver claro, sino para enfatizar con ellas lo que consideraba necesario. Bien vestido, con chaqueta gris de paño, camisa de Ralph Lauren, corbata verde claro, pantalón marrón y zapatos caros bien cepillados.

Me sentí incómodo, porque uno siempre tiende a compararse y, si no me engañaba mediante excusas vanas para descalificarlo, el señor Fernando Centeno Ureña, me sacaba ventajas en el físico, la presencia y la cuenta bancaria; es posible que, incluso, en otras cualidades, porque la gente pudiente se codea con personas interesantes, autores de ensayos, novelistas premiados, guionistas de series y directores de documentales, que comentan los hallazgos, hacen referencias a sus investigaciones, declaman poemas y porciones de relatos, y aprenden en celebraciones y bailes lo que uno extrae de los libros que han escrito y de las proyecciones en las salas de cine y los teatros.

Me invitó a sentarme, cosa que agradecí, porque me permitió mantener la conversación al mismo nivel de la mirada, que impone menos y ayuda a centrarse y abandonar los prejuicios que le favorecían y a mí me perjudicaban. Mientras él estuvo fuera del despacho para dar instrucciones a su secretaria, pensé que era el momento para recomponerme y activar mi posición de inspector; dedicarme a la tarea de obtener datos, perfiles de personas, intenciones, enemistades, cuentas pendientes, ignorancias deliberadas, engaños, desprecios, todo tipo de manifestaciones de la condición humana que, cuando se comete el delito, se ponen en marcha o se expresan y hay que seguirles el rastro, porque después se ocultan y se agazapan como una musaraña en su madriguera.

—Gracias. Estoy a su entera disposición, inspector. ¿Por dónde comenzamos? Usted dirá —dijo, con una cortesía bien aprendida y esperada en un hombre que a tantas personas recibía y que consistía en apretarme fuerte la mano, separar la silla que me ofrecía como asiento y ofrecerme alguna bebida almacenada en la vitrina donde sobresalía un samovar ruso que habría adquirido en alguno de sus viajes o que algún cliente de esa procedencia le habría regalado al cerrar un trato.

Me decidí por un vaso de agua fresca obtenido del dispensador situado en una de las esquinas.

—Sírvase usted mismo; a su derecha tiene vasos disponibles. Supongo que declina toda bebida con alcohol durante el servicio.

—Supone bien, gracias; tampoco consumo alcohol fuera del horario laboral. Con un poco de agua será suficiente para refrescar la garganta —contesté, mientras él rodeaba la mesa de su despacho hasta dar con el cómodo sillón giratorio donde descargaría sus posaderas. Entonces tomé la iniciativa—: Como le avancé por teléfono, estoy designado para esclarecer las circunstancias del fallecimiento de don Gabriel Jiménez Centeno. Necesito hacerme una idea sobre su primo Gabriel: cómo era, las costumbres conocidas, amistades de las que algo supiera, comportamientos notorios, relación con otros miembros de la familia, su cometido dentro de la empresa.

—Me pide usted casi una biografía; dudo que sea capaz de llenar los aspectos que a usted le interesan, pero me esforzaré por intentarlo.

Sin embargo, yo percibía en sus gestos otro esfuerzo: el que realizaba para ocultar la arrogancia del triunfador que se ve obligado por las circunstancias a enfrentarse a un interrogatorio siempre molesto por parte de un sujeto con el que nunca coincidiría en reuniones y fiestas. Advertía en él las consecuencias del exceso de poder que se expresa a través de la vulneración de límites y la imposición de los propios impulsos. Es posible que, a esa presunción, que me parecía percibir, se añadiese una cierta angustia, la derivada por la posibilidad de que algo se derrumbara con este revés de la fortuna, y la muerte de su primo produjera otros desastres, para algunos más dolorosos que la pérdida de Gabriel.

—Tómese su tiempo —repuse. Quería darle a entender que el control sobre su angustia estaba en mi mano, no en la suya, y que, en la tensión de poder que existe en toda conversación, yo determinaría los tiempos y jugaría la baza poderosa de la sospecha que inicia la medrosa asignación de culpabilidad y del reproche social que convierten a un hombre, en apariencia libre, en un sujeto cautivo. La sospecha me conduce a considerar los intereses creados por el sospechoso y las tradiciones de la colectividad a la que pertenece. Siempre existe un interés particular, una ventaja que alguien logra por un crimen y, detrás, respaldándolo en silencio, una comunidad que se beneficia, porque el mal confirma los fundamentos sobre los que se construye—. No es necesario que en un día me aporte todos los datos, puedo volver en otra ocasión —añadí, para relajarlo.

—Preferiría que lo resolviéramos todo hoy, si es posible. Como se imaginará, soy hombre ocupado, tengo reuniones con concejales y bancos, constructoras y bufetes de abogados. Salgo bastante de viaje, más ahora que iniciamos conexiones internacionales, fondos de inversión y promociones para el cliente extranjero. Hay una fuerte competencia en el sector y es necesario estar presentes en muchos lugares. Pero vamos a lo que a usted le interesa, también a mí, porque quiero que todo se aclare, si fue muerte natural, o si se sospecha algo extraño, algo por lo que se pueda presumir una muerte provocada, accidental o intencionada. Gabriel es hijo de mi tía Carmen y de Fernando, su marido, ambos miembros de derecho del consejo de administración de la empresa.

—Disculpe que lo interrumpa. ¿Por quiénes está formado ese consejo? —continué con mis preguntas, haciendo caso omiso de sus prisas.

—Por los cuatro hermanos y Fernando Jiménez a voluntad de mi abuelo. Mi madre y los cónyuges de mis otras dos tías trabajan en la empresa, pero fuera de los órganos decisorios, en áreas administrativas, técnicas o representativas, no en el consejo, aunque por las influencias familiares sus voces acaban escuchadas en los debates y medidas aprobadas. De la siguiente generación, hijos y sobrinos, me refiero, solo Gabriel y yo tenemos una participación directa en la empresa. Gabriel asesoraba en las inversiones, mantenía las reuniones con bancos y fondos de inversión, los aspectos económicos. Yo me ocupaba de cerrar negocios, gestionar licencias, representarla en los concursos públicos y privados para obras nuevas, la difícil relación con los organismos públicos.

—Entiendo que mantenían un contacto cercano.

—Así es.

—¿Esto le permitió conocerlo mejor?

—No lo crea, inspector. Nuestra relación era de contenido en esencia profesional; aparte de los temas laborales, compartíamos asuntos familiares: encuentros, celebraciones, comuniones y reuniones de la cofradía. Poco sé de su vida privada, porque nos manteníamos en círculos diferentes de amistades, aunque, no se lo niego, en ocasiones, nuestras amistades confluían y nos veíamos en lugares comunes.

—¿Me podría decir qué es lo poco que sabe de este aspecto de la vida de Gabriel?

—Gabriel era soltero; si tenía pareja, no lo sé; lo llevaría en oculto, con discreción. Cuando se maneja información importante y decisiones sobre elevadas cifras de dinero, la reserva es de vital importancia. Gabriel parecía extender esta cautela al ámbito personal y no daba datos relevantes. Podía tener novias secretas, lo ignoro; tampoco estaba interesado en saberlo. Además, participaba como hermano de la cofradía a la que la familia está ligada por una tradición de varias generaciones, y aunque el ambiente se relaja, mantenemos una posición conservadora en distintas materias; una de ellas es la seriedad en las relaciones sentimentales: con las personas no se juega ni se cambian como vestimentas; hay que estar seguro de las intenciones cuando se da el paso.

Esta declaración de principios me permitió sospechar que el señor Fernando Centeno Ureña deseaba formar en mí una imagen de sujeto moral, que, lejos de aceptar una pluralidad de concepciones del bien, se afirmaba en una eticidad cristiana, a la que parecía adherirse y que le permitía ubicarse en una posición de enjuiciamiento desde la que dictaminaba la adecuación o el rechazo de las conductas, probablemente también las de su primo; si no, ¿a cuento de qué me lanzaba esta demostración de sus actitudes morales? ¿Quería que lo dejara fuera de toda sospecha en la relación con su primo, o que me preparara para comprender el origen de desavenencias que aún no conocía y estaba por conocer?

—¿Amistades? —proseguí, para abrir otro ámbito de las relaciones y dar a entender que su declaración me afectó y que aceptaba su definición de sujeto de moralidad inamovible, al menos en lo que a la relación con las personas se refiere; desconocía si esta elevada exigencia se mantendría cuando los intereses económicos y de posición entraran en juego.

—Supongo que las tendría. Gabriel tenía buenos amigos en la cofradía, también entre compañeros de estudios, algunos de ellos extranjeros, porque él vivió varios años en Inglaterra para complementar su formación como economista en la City y dominar el idioma de los procesos financieros. Viajaba a Londres y a Manchester con frecuencia, al margen de los negocios, por esparcimiento.

—¿Cuándo estuvo con él por última vez?

—Una semana antes de su fallecimiento, en una reunión con la promotora de un fondo de inversiones con el que negociábamos un proyecto importante para realizar en la costa de Almería. Después de la reunión, almorzamos juntos.

—¿Le comentó algo de relevancia para saber qué pensaba hacer más adelante, si algo le preocupaba, alguna actividad pendiente?

—Nada especial, inspector. Durante la comida repasamos aspectos y términos del acuerdo, los problemas que surgieron durante la negociación y la actitud que tendríamos en los próximos encuentros. Después nos despedimos; Gabriel regresó a Málaga. Yo me quedé un día más para tener una reunión con el ayuntamiento, asuntos de revisión de licencias, comprobaciones rutinarias.

—¿Qué tal el restaurante?

—Muy bueno, por cierto, Rincón de la Bahía, por si pasa algún día por Almería. No diga que va de mi parte, no sea que le cobren más caro.

—Lo tendré en cuenta. No lo molesto más por hoy, señor Centeno. Gracias por su información. Aún tengo que importunar a otros miembros de la familia, pero gracias por facilitarme la comunicación con ellos. Su colaboración es valiosa para hacernos una idea de lo que pasó.

—¿Barajan otras posibilidades aparte de la muerte natural?

—Es posible; el juez de instrucción ha ordenado el secreto de sumario hasta que no le aportemos toda la información pertinente. Las muertes sobrevenidas cuando una persona se encontraba sola requieren estos trámites. Los padres de Gabriel han insistido en aclarar las circunstancias del fallecimiento de su hijo, porque les resulta difícil de asimilar su muerte, dada su edad. Es natural.

—¿Secreto de sumario? Hasta hace unos días no era así, ¿existen nuevos datos para hacerlo?

Esta información pareció perturbarlo, pero se recompuso de inmediato. Tomó un bolígrafo para girarlo entre sus dedos. Existía una incongruencia en preocuparse por el estado del sumario en lugar de por el dolor de los padres. Tomé nota.

—Si el juez lo ha decretado, tendrá sus motivos. Nos ha ordenado recabar información, presentarle argumentos, explicaciones, pruebas convincentes, para tener una base con la que dar por concluido el caso.

—Entiendo, inspector, entiendo; en la medida de lo posible manténgame al día. Era primo hermano, y lo quiero, o lo quería, que aún no me hago a la idea.

La entrevista con el señor Centeno me dejó pensativo, suspicaz, más que por sus respuestas, por la ocultación voluntaria de información inferida por su tono de voz cambiante, los gestos, las reacciones ante el desvelamiento de cosas que ignoraba, como si algo que él pensara bien atado, se le escapara de las manos y tomara un rumbo propio e inesperado. El afecto que decía profesar por su primo, las capacidades que veía en él, incluso la libertad con la que se conducía en la vida, parecía funcionar en Fernando como un reconocimiento perverso que reaccionaba con rechazo, quizá con envidia, en lugar de con respeto y consideración: una valoración que movía a la descalificación y el daño, porque significaba la existencia de otro tipo de vida y de universo que cuestionaba el suyo.

Conocía aspectos de la vida de su primo que no mencionaba; que un pudor por la preservación de la apariencia pública ligada a su apellido le obligaba a negar o a mantener oculto, quizá por vergüenza, acaso por evitar el derrumbe de una reputación que tuviera adversarios deseosos de ver mancillada, todo es posible, y que pudiera afectar a la posición económica que sostiene los demás valores y aprecios.

Hay personas que, tras hablar con ellas, dejan un poso de incertidumbre, de molesta inquietud, que hace de los siguientes encuentros un desagradable compromiso, un encuentro que se quisiera evitar si la obligación no lo impidiera.

La siguiente cita la tenía concertada con la señora Magdalena Jiménez Centeno, hermana menor del fallecido, con el que se llevaba cuatro años. Alicia gestionó el encuentro y se permitió ampliar algunos aspectos biográficos mencionados en la primera entrevista con el agente de guardia, para que supiera con quién iba a tratar.

La señora Jiménez formaba parte de los miembros que no trabajaban en la empresa familiar. Optó por dedicarse a la historia, carrera que cursó en la Universidad de Granada porque prefirió independizarse un poco del control y exigencias familiares, como le comentó espontáneamente a Alicia en una conversación que fue afable y distendida, según la impresión de mi compañera, cuyo tono sosegado al hablar transmite un sano interés en conocer algo de las personas más allá de su expediente o de aspectos interesantes para el sumario de los que yo me encargaría. Divorciada desde hace tres años, no tiene hijos. Solicitó el favor de realizar la entrevista en su casa de las afueras, donde vive sola en compañía de dos gatos y de los vecinos de los alrededores, a lo que Alicia no puso obstáculos.

La señora Jiménez obtuvo una plaza de profesora en un instituto de la ciudad hace una década. Vive en una casa situada a la salida de la ciudad en el camino antiguo hacia Casabermeja, que le permite combinar la proximidad a su centro de trabajo en un instituto de enseñanza media ubicado en Ciudad Jardín, con una vida apartada, rodeada de una parcela de campo que serena su espíritu para sobrellevar a los alumnos y extraer de la historia humana, plagada de sinsabores y violencias, algo hermoso e imperecedero, como una resistencia para considerar al ser humano como algo errado y sin remedio.

Me recibe en su casa. Prefirió este lugar a la comisaría, porque dice que aquí es más ella y menos una fuente de información sin historia, sentimientos ni opinión. Comparto su parecer; es curioso cómo los relatos se modifican de acuerdo con el lugar de narración y con los oyentes. Por esto es necesario escuchar la misma descripción en, al menos, dos lugares diferentes, por personas distintas, para después considerar las similitudes y las diferencias y, a partir de ahí, introducir los matices, las modificaciones, las contradicciones y los intereses ocultos del que relata para dar los significados a lo relatado.

Yo también me noto diferente de acuerdo con el lugar donde practico la recogida de información, ya que percibo los cambios en el ánimo y en el flujo de los pensamientos, que toman otro ritmo, otro curso de las sospechas y reflexiones, que dependen de la influencia de paisajes, ambientes y sonidos acompañantes.

Es Magdalena Jiménez mujer de elevada estatura, delgada, de apariencia seria y modales refinados, comunes a la familia. El pelo recogido, castaño oscuro con algunas canas, una boca amplia de la que escapa alguna sonrisa cuando habla sobre algunos temas y gira el rostro hacia la puerta acristalada abierta al patio, para ocultarla, al igual que alguna lágrima que asoma incontrolable y amenaza con rebasar el borde de los párpados cuando habla de su hermano.

Viste pantalón corto y ropa de faena agraria porque ha desbrozado el patio, regado las plantas y podado ramas de los olivos y de los naranjos que tiene sembrados. Un pañuelo rojo anudado en la garganta la protege del frío: no quiere que se le afecte la voz porque es herramienta de trabajo. Me invita a sentarme. Parece que aguardaba con ansia mi visita, que quiere hablar del tema, no sé si con un inspector, un psicólogo o un sacerdote, si me confunde con alguno de ellos, porque la pena la afecta y no distingue entre profesiones, o si mi aspecto la ha llevado a elegirme para contarme lo que tiene reservado y con nadie lo ha podido hablar ni comentar, quizá porque a otros duela, o sienta mal, o tengan reparos de saber o de que se hable en voz alta lo que para todos deba permanecer callado.

Me acomoda en la sala mientras se toma unos minutos para cambiar de indumentaria. Dos sillones gemelos separados por una mesa baja en la que ha dejado una jarra de té frío y dos vasos que pisan unas pequeñas servilletas de tela bordada.

A mi llegada el té ya estaba en la mesa; el escenario para el encuentro lo tenía preparado con antelación. Complace a la vanidad o al corazón herido saberse esperado con una recepción, por minúscula que sea: antes de mi presencia en la sala, dispuesto para sentarme en el sillón designado, estuve en su pensamiento mientras preparaba la jarra de té y disponía los vasos sobre la mesa. Desde el sillón, alcanzo a contemplar la biblioteca sobrepasada de libros, algunos apilados y otros tumbados que descansan sobre los que han encontrado su lugar de canto en las estanterías. Adivino títulos en varios idiomas. Predomina el español, pero no es difícil localizar tomos en inglés y francés. Estoy tentado a ponerme de pie y mirarlos de cerca, hojear alguno, curiosear dónde se cultiva esta mujer de aspecto sereno, comedido, celosa de su soledad, custodiada por libros y pensamientos antiguos donde el alma encuentra lugares más seguros en los que refugiarse cuando las contrariedades afectan y la vida muestra su faceta triste y abatida. En la casa abundan objetos de diferentes partes del mundo distribuidos de forma, en apariencia, desordenada; algunos por el suelo, otros ocupan mesas y anaqueles.

Baja vestida con un chándal y se sienta con las piernas cruzadas, apoyada sobre el respaldo. Me mira a los ojos. Recibo su mirada como la señal de que tengo permiso para iniciar el diálogo.

Magdalena tiene una voz grave, con una cadencia lenta en el habla, sin atropello de las palabras, como quien medita antes de pronunciar cada una para que exista armonía entre lo que dice y lo que piensa. Cuando habla, levanta a menudo las manos sin separar los codos de los reposabrazos del sillón de aspecto anticuado, que sostiene su cuerpo esbelto apoyado sobre el respaldo, que solo abandona para alcanzar el vaso de té y refrescar la garganta. Iniciamos la entrevista con los circunloquios habituales que relajan el ambiente, descargan la angustia de apertura presente siempre que nos enfrentamos a alguien nuevo, que no sabemos sus intenciones, ni presuponemos sus reacciones, ni las emociones que movilizará la conversación, ni los prejuicios que quiera confirmar, ni las interpretaciones que desee imponer, que pueden alterar el ánimo o dejarlo sereno porque ha podido expresar lo que llevaba escondido como un mal misterio, que hacía daño si se mantenía en silencio.

—Estoy impresionado por su biblioteca, Magdalena. Aunque ya le comentó a mi compañera Alicia que es profesora de historia, me gustaría conocer algo de sus intereses en ese ámbito. Me atraen algunos aspectos de la historia, aquellos que quedaron sin contenido durante el bachillerato, bien porque no dio tiempo al profesor a explicar todo el temario, bien porque en esos momentos no me llamaron la atención para estudiarlos, y ahora pretendo adquirir parte del conocimiento que me falta, aunque de una forma aficionada, menos aún, un aficionado torpe y poco dedicado —dije, en forma de halago, sabedor de que satisface encontrar a alguien que valora lo que para otro es estudio riguroso y pasión—. No me animaba una estrategia de policía a preguntar por su oficio, sino una curiosidad que deseaba rellenar espacios vacíos de conocimiento sobre hechos del pasado y aprovechar que me encontraba ante una experta.

—Ya es algo, inspector; en las aficiones se encuentra el núcleo, el origen, de muchas investigaciones que después dan lugar a trabajos o conocimientos importantes. Aunque ahora me dedico a la docencia, realicé una tesis sobre la Alta Edad Media. Una pequeña aportación. Pretendía seguir con mi trabajo en la universidad, pero, no sé si es consciente, en el mundo de las facultades se impone una lucha cainita por las becas, por las plazas. No supe moverme bien, ubicarme en el territorio ganador y quedé fuera para proseguir en ese campo. Entonces decidí orientarme hacia la docencia y dedicarme a mis alumnos, a mi huerto y a mis gatos —concluyó, acompañando de una media sonrisa y una mirada evocativa, tal vez, de malos momentos, que se perdía a través de la luz que entraba por la ventana, su relato, interrumpiéndolo como improcedente, como ajeno a mi cometido e interés.

Le parecería precipitado compartir intimidades con un desconocido; sin embargo, cuando algo duele, busca su expresión; necesita encontrar oídos en los que refugiarse con la esperanza de encontrar aliados para su causa, inútiles e incontrolables, pero necesarios.

Entonces volvió su rostro hacia mí con un gesto de melancolía que lo iluminaba con una belleza escondida que solo algunas conversaciones y recuerdos hacían aparecer. No me di cuenta de la gracia que guardaba esta mujer hasta que la tuve enfrente, concentrado en mirarla. Depuse las impresiones iniciales, que su desaliño y ausencia de maquillaje se habían impuesto para considerarla una mujer recluida entre libros, ajena a la vida, que descuidaba su presencia con un propósito penalizador o para evitar que alguien se acercara con intenciones que no le interesaban.

—Es posible que la sorprenda, Magdalena, que venga un inspector a su casa y acabe interesado por la Edad Media. Me atrajo el tema porque he mantenido una laguna de conocimiento entre la expansión romana por la península y la llegada de los musulmanes. Existe en su sobria espiritualidad algo que me conmueve y me hace imaginar, sin elementos objetivos, los rasgos que aún se conservan en nuestra cultura y que podrían ser aportados por las personas de aquel período.

—La perpleja soy yo, inspector; no es habitual encontrar fuera del ámbito académico personas que hoy se interesen por estos aspectos de la historia. Si quiere algún material, se lo puedo proporcionar para que rellene esas lagunas que dice tener.

Modificó un poco su tono de voz como si mi digresión formara parte de una estrategia embaucadora por la que pretendía obtener de ella más información de la requerida y permitida por la formalidad de una investigación. Ignoraba que mi interés era sincero y esto me dolió porque parecía confirmar que los prejuicios nos preceden y dominan en todas las cosas; que no cuadraba con un inspector una ocupación real en asuntos de la historia, sino que una imagen ruda de un sujeto modelado por su relación con el mal era más precisa. Pensé que el prejuicio le permitía plegarse hacia un área de seguridad. No insistí y conduje la conversación hacia el motivo de la visita.

—Muchas gracias, Magdalena. No quiero molestarla más de lo debido por mi obligación. Como sabe, el juez instructor ha decretado el secreto de sumario, porque han aparecido algunos datos sobre el fallecimiento de su hermano que quiere aclarar antes de dar el caso por cerrado. No puedo, por el momento, revelarle cuáles son esos detalles. En ocasiones son detalles sin trascendencia posterior los que impulsan al juez a prolongar la investigación. Prefiere no dejar cabos sueltos ni pormenores sin explicación. Mi propósito es recabar información sobre don Gabriel Jiménez, su hermano. Me refiero a costumbres, amistades o enemistades que puedan dar luz sobre las circunstancias de su muerte. Su padre y su madre solicitaron un estudio más profundo porque no les convence el diagnóstico de muerte natural. ¿Y a usted?

Pareció contrariada por la pregunta directa: que, de repente, hubiera abandonado el interés por la historia medieval y abriese la puerta a la historia reciente, que afecta más, porque la muerte actual pesa más que las infinitas muertes que nos han precedido hasta traernos hasta este momento. Muertes que reposan en criptas, enterramientos ocultos por años de sedimentos, mausoleos, y ya no duelen, y el tiempo permite aceptarlas como naturales, necesarias, hasta lógicas para que la vida siga y la población se sustituya por otra.

La muerte de Gabriel la alcanzó con el ímpetu ensordecedor del presente que no permite perspectivas que atenúen el dolor, el desgarro, la conmoción por su repentina ausencia. Magdalena no podía poner en marcha el análisis histórico crítico para entender lo ocurrido, poner el acontecimiento en una secuencia de hechos, en su lugar en la historia, en su relación con el contexto. Le dolía, lo pude ver en las arrugas de su rostro que, antes de este momento, no estaban y aparecieron sin forzarse ni llamadas para ocultar remordimientos. Los ojos se humedecieron; vi cómo la glotis ascendía para tragar la saliva del desaliento. Calló, se tomó su tiempo; aunque una muerte siempre duele, algo le dolía más allá del desconsuelo, no sé si la decisión de los padres, o cosas que sabía y que quedarían al descubierto, para añadir más pena al penar que guardaba en el pecho. Aunque la muerte no es el mal absoluto —incluso se la compara con el reposo merecido y permanente, con el descanso de penurias, dolores y males, con el acto que equilibra a todos los seres y los deja igualados como ceniza o esqueletos formados por el mismo número de huesos y la piel convertida en cuero podrido y seco—, cuando se sospecha provocada, apremiada, desprecio de la vida de otro para hacer posible la propia, entonces se le adhiere la marca de injusticia y toma el rostro maligno prestado de una voluntad asesina y soberbia.

—No lo sé, inspector. No me hago una idea de que Gabriel haya muerto, porque estaba bien de salud, jovial, despierto, con planes de futuro, con un presente estupendo. Entiendo a mis padres, que no les cuadre la palabra «natural», porque no se deduce de su estado previo. Pero las alternativas que se dan al suceso me angustian más, pensar que pueda existir un componente malicioso, algo que no sabemos, que añada al dolor la incertidumbre del misterio, de algo que se escapa de nuestras manos y que abre un escenario imprevisto e incierto. Si la muerte natural inesperada es difícil de aceptar, más aún la intencionada, la que se acompaña de violencia, porque surgen preguntas que en el otro escenario nunca se habrían formulado. Cada interrogante lleva consigo una carga de angustia que inquieta el alma con las posibles respuestas o por no saber lo que alguien sabe.

—Lo sé, Magdalena. Procuraremos ser discretos; cuente con mi consideración.

—Gracias. Gabriel era una persona activa, con iniciativas, pero, a su vez, sensible, honesta.

—¿Piensa que alguna de estas virtudes le pudieran traer dificultades con alguien?

—No lo creo. Es cierto que en alguna ocasión me comentaba desencuentros con el primo Fernando con relación a la forma de llevar los negocios e influir sobre el consejo de administración. Yo estoy fuera de esos asuntos desde hace tiempo y mi conocimiento procede de las informaciones que él me compartía, porque con mis padres no suelo tocar el tema. Gabriel mantenía un aspecto de su vida al margen de su familia; creo que solo lo compartía conmigo, porque nos unía una camaradería y nos comunicábamos bien, una complicidad que, a veces, se da entre hermanos.

—¿A qué aspecto se refiere, Magdalena?

Llegado este punto de la conversación, la observé titubear, como si considerara que había ido más allá de lo necesario y ahora se arrepintiera, porque el temor por haber sugerido la existencia de un aspecto reservado la perturbaba, como perturba todo lo que queda fuera del control personal, a merced de interpretaciones temidas e interesadas.

Las palabras tienen vida propia y expresan con libertad lo que algún componente de la conciencia prefiriera reprimir y salvaguardar velado. Mantenemos diálogos interiores con distintos habitantes de nuestra mente, de los cuales algunos somos nosotros o los identificamos como parte de nuestro yo; otros, personajes invasivos que han tomado residencia sin pedir permiso o que, si alguna vez, lo tuvieron, ahora permanecen reacios a marcharse y dejar su influencia sobre nuestras decisiones.

Estaba convencido de que Magdalena quería hablar sobre el asunto y descargar un secreto sobre los hombros de otra persona porque para ella supusiera un exceso de peso. Lo que dudaba, y se podía leer en la expresión indecisa de su mirada, era que el inspector que tenía enfrente fuera la persona adecuada, la que no hiciera mal uso de la información; quizá un uso para darse realce con la prensa declarando hallazgos, o con sus superiores compartiera suspicacias y entenebreciera la historia para apuntalar su identidad, su prestigio, con mancha en el crédito y la memoria de otra persona.

Acaso pensó que yo era distinto porque me interesaba la historia medieval y se dejó engañar por un fingimiento retórico detrás del cual no existiera otra cosa que el egoísmo, que no duda en arrebatar, como un animal rapaz y carroñero, de ella lo que guardaba con celo en su corazón. Me llegó su desasosiego, la capacidad de su mirada para decirme sin palabras que era territorio delicado. Entonces no dudé en tranquilizarla.

—Magdalena, no tiene que hablar sobre lo que no crea conveniente ni apropiado. Al igual que tengo la obligación de no revelar, por el momento, secretos de sumario, usted está en su derecho de guardar silencio hasta que lo crea adecuado para aclarar la investigación. Hasta que el juez no aprecie delito en el caso de su hermano, permanece su muerte en el terreno privado. Solo lo delictivo pertenece al ámbito público y debe investigarse.

—Gracias. Quizá en otro momento, tengo que pensarlo mejor.

El objetivo del primer contacto estaba conseguido: establecer una relación de confianza y de colaboración, para lo que es necesario respetar los tiempos de cada cual y sus sentimientos. Forzar las situaciones nunca es conveniente, no solo en el ámbito de la investigación, sino en cualquier faceta de las relaciones humanas en las que es necesario expulsar la angustiosa demanda de seguridad, de resolución de las incertidumbres, que domina los corazones agitados. Somos un peligro potencial para los demás, porque, en alguna medida, disponemos unos de los otros de forma abusiva para dar sentido a los comportamientos, significados a los hechos, y valoración a la identidad propuesta en cada encuentro, en cada confesión y en nuestras apariciones públicas. Me despedí sin dar tiempo a acabar el vaso de té. Caminé delante de ella hasta la puerta como afectado por una prisa repentina que ella podría interpretar como un deseo de huida después de finalizar la labor y obtener la información que me permitiera elaborar conjeturas falsas, caprichosas, precipitadas o acertadas.

Abrí la puerta y giré sobre mis pies para mirarla y dar el último saludo. Entonces contemplé su rostro entristecido. Un mechón de su cabello se desprendió del lazo que lo sujetaba y ocultaba parte de su rostro tras una cortina de sedas bronceadas. Tuve la tentación de devolverlo a su lugar con un gesto delicado, tierno, de mi mano, porque la adivinaba afligida, con el desahogo necesario retenido por un miedo asumido pero ajeno a su voluntad; sin embargo, me contuve, me conformé con mirarla en silencio mientras descubría en sus pupilas marrones la melancolía de la soledad buscada cuando la experiencia de la vida se decanta por una desconfiada misantropía que se niega a esperar nada bueno de otro ser humano.

—Adiós, Magdalena. Gusto en haberla conocido. Es usted una persona interesante. La llamaré en breve para continuar con nuestra conversación. Si para entonces poseo los permisos de mis superiores, le comentaré el resto del sumario. Si no la importuno, podemos dedicar un tiempo a sus estudios, como si un alumno molesto e inesperado le hubiera salido de súbito. Siempre está en su mano expulsarme de la clase.

Magdalena sonrió. Detuvo mi partida con un gesto de su mano, mientras se dirigía hacia la biblioteca. Regresó cargada con un volumen en su mano sobre la Hispania visigoda y, encarnando a una maestra de escuela de mis años de bachillerato, me dijo:

—Tráigalo bien preparado, Camacho, para la próxima clase.

—Así lo haré, doña Magdalena, descuide. Muchas gracias.

Dejé la casa a mis espaldas mientras me alejaba por la vereda flanqueada por los robustos eucaliptos que crecen al amparo de la proximidad del río que, a escondidas, por el subsuelo, les suministra toda el agua que necesitan, hurtándola a los secos pinos. El libro en mi mano, y en la mente el esfuerzo por centrarme en averiguar lo que de extraño había en el caso, deseoso de que no pasara de la sospecha frecuente que se obstina algún interesado por dar como verdadera, porque ubica en intenciones ajenas lo que fue decisión propia: de esta manera, se puede atribuir a la depravación del prójimo las consecuencias de lo que se tiene por vicio, por corrupción, que al tomarse como impuesta por la fuerza o la violencia, hace de la víctima un ser sufriente, un mártir, un testigo de la maldad todavía sin redención y deja la conciencia tranquila confirmada en la explicación del mundo que tiene por cierta.

No tengo claro lo que rondaba por mi mente; sin embargo, estaba decidido a no dejarlo crecer como una cizaña que ahogara mi cometido como policía, que acabara por confundirme, por adherirme apresurado a una hipótesis, a lo que Magdalena pensara o deseara que fuera cierto, o sus padres, nada más que porque ella me había impresionado: su figura dominada por la languidez del infortunio, sus movimientos pausados, una mente inteligente transida por cierta melancolía que la embellecía y me permitía imaginar un llamado a su consuelo, la soledad buscada, elegida como refugio de decepciones y convicciones sin remedio.

Todo en ella me invitaba a conocerla más de cerca, verificar si era mi deseo desatado en imaginaciones poéticas, o si todo consistía en un engaño por mi estado sombrío, solitario por las callejuelas, en el despacho, en el piso de la avenida Isaac Peral por la que transitan en busca de su sustento miles de personas y que, a la caída de la tarde, regresan a su silencio, refugiadas tras el parpadeo de las luces que escapan por las ventanas. Con los ojos cerrados, boca arriba sobre mi lecho, aparecía su sonrisa tímida con la boca medio abierta, sin permiso para la risa, el brillo de la dentadura bajo la sombra de sus labios gruesos y el interrogante de su mirada, que no acertaba a interpretar de modo correcto si había rabia, tristeza, indefensión, plan siniestro; si había sinceridad en su aspecto, o engaño de mis sentimientos.

IV

Alicia llamó a primera hora de la mañana para que no per-diera tiempo en acudir a la comisaría, sino que me dirigiera a la cita que concertó con el padre y la madre del difunto, que hasta hacía unos días era su hijo vivo, y, ahora, carne en descomposición en un nicho del cementerio. No lo quisieron incinerar: eran de la convicción de que las cenizas no dejan la misma memoria que retienen los huesos, que, aunque pasaran los años y ellos no estuvieran para reconocerlo, algo de ellos se preservaría en el esqueleto, en la forma de los huesos, los detalles de la calavera y en las cadenas de ácido desoxirribonucleico, que los mantuviera unidos como cuando lo tuvieron, lo educaron, lo corrigieron, y, aunque muchas cosas ignoraban de él como todos los padres buenos, lo amaron hasta perderlo.

Acordó la cita en las instalaciones correspondientes al consejo de administración de la empresa situada en el edificio principal que tiene nombre propio escrito en la fachada. Llegué con tiempo suficiente para observar los detalles de decoración como expresión de lo que la familia pretendía que se pensara sobre ellos antes de conocerlos, de superponer las propias impresiones a los deseos por configurar una descripción de su imagen como intento de imposición de una identidad.

En todo encuentro existe una lucha por definir la identidad: lo que se quiere grabar en la memoria ajena como expresión de uno mismo para, desde la posición adquirida y permitida, obrar con poder, y lo que el receptor, como reacción que resiste el intento de colonización, registra, modulado por prejuicios, formas de pensamiento, rechazos, aceptaciones, envidias, celos, admiraciones y codicias.

La confrontación es bilateral, pero asimétrica: nunca se parte de la misma posición en esta interacción; existe identidad previa, valorada o devaluada socialmente, que ubica a cada persona participante en los diálogos en distintos grados de poder y, por lo tanto, de valor sobre lo que dice o lo que hace. Daba por supuesto que el interés por la memoria del hijo estaba ligado al mantenimiento de la propia identidad, de la reputación que sostiene, en la atmósfera polucionada de las suposiciones, el ejercicio del poder, porque el poder no se tiene; se concede como resultado del juego de reconocimientos y aquiescencias.

La identidad crea barreras infranqueables entre los sujetos. Sus componentes influyen con capacidad de decisión en las elecciones, no solo del partido para el gobierno, sino de las amistades, de las creencias, de los derechos, del uso particular de las personas como instrumentos para los propios fines, en las modalidades de la práctica del sexo: no me pasa desapercibido que las elecciones sexuales son útiles para indagar en la configuración de los impulsos, en los contenidos de la voluntad, en la manifestación del carácter subversivo o reaccionario que pueda tener el deseo.

Entré en la sala guiado por un recepcionista atento, con modales de mayordomo antiguo, apegado a las tradiciones y orgulloso de serlo: el señor Jiménez y la señora Centeno me esperaban sentados en dos de las sillas de la amplia mesa que acoge las reuniones del consejo. Los vi serios, expectantes, sabedores de que el asunto no estaba en sus manos, que ya era público, porque dependía de las impresiones de sujetos extraños a los que se les podía pedir discreción con la seguridad de ser traicionados. Nadie sabe guardar los secretos, sino que se reservan como la que nadie sabe guardar los secretos, sino que se reservan como la carta tapada que permite ganar la partida cuando sea conveniente; cuando sea útil para conseguir una complicidad, una coalición interesada contra alguien, o el simple deseo de notoriedad por saber algo que otros ignoran. Los secretos son mercancía de valor en la feria de las vanidades, susceptible de ser vendida o comprada, útil para el mal de alguien, porque guardan en su interior un deseo irrefrenable por dejar de serlo, por ser contados y desatar el efecto maligno que los mantiene resguardados.

Ambos mostraban buen aspecto, rondarían los sesenta años largos, que, rodeados de cuidados, parecían menos contabilizados en el calendario. Dejaron escasos rastros de malos ratos o de carencias de descanso y sanos alimentos.

Este momento aglutinaba los sufrimientos que el dinero había evitado y revocaba los esfuerzos de las esteticistas por paliar el efecto de la edad sobre el cutis y las canas, las estrías de los labios y la piel vencida en los brazos, en el cuello y en los bordes de la cara. La señora Centeno parecía más afectada. La conmoción sufrida se transparentaba. Las arrugas, que las dosis de bótox consiguieron disimular, reaparecieron como surcos de la preocupación en la frente y las mejillas, que ahora eran canal para las lágrimas que fluían hacia sus labios antes de enjugarse.

El señor Jiménez mantenía la compostura, como si la necesidad de claridad, de entender lo que había ocurrido con su hijo, le suministrara la fuerza requerida para no claudicar y derrumbarse.

Una vez controlados estos pensamientos que pasaron fugaces por mi mente, se hizo necesario guardar silencio, no solo por fuera, que se consigue ordenando contención a la lengua y pudor a los labios para que permanezcan sin movimiento, sino donde es más difícil y complejo, en los pensamientos, que tienden a juzgar precipitadamente, a rellenar los silencios, a dar sentido a lo que no lo tiene, porque ayuda a controlar la angustia por no saber lo que ocurrió al muerto y sentir la exigencia por saberlo que otros demandan y esperan de un investigador serio.

Al saludo inicial, convencional, sin gestos añadidos ni divagaciones previas de cortesía, que les resultarían molestas, improcedentes, hasta crueles, cuando el dolor pretende hablar de sí, expresarse, ocupar su lugar merecido, señalaron el asiento que me tenían reservado enfrente de ellos; con la luz que atravesaba la cristalera, me daba en la cara y cerraba mis pupilas; el rostro de ellos, por momentos, se difuminaba por una sombra creada en mi mirada. Entonces, el lenguaje se centraba en el sonido de las palabras, en los tonos de sus voces y la cadencia entrecortada, dejando la lectura de los gestos arrinconada.

—Gracias por venir, inspector. Estamos deseosos de hablar con usted —se adelantó el señor Jiménez desde su asiento, al mismo tiempo que extendía su mano hasta dar con la mía y apretarla. La señora me saludó con un gesto distante con la cabeza inclinada.

—Más que deseosos, necesitados, créame usted —añadió la señora Centeno, para dar solemnidad al encuentro, porque pasar de los deseos a las necesidades supone siempre un cambio dramático para la situación, que toma un matiz apremiante e indispensable

Su expresión colocó un peso añadido sobre mi labor. Se despejó cualquier duda sobre lo que se disponía a tratar: no era solo aclarar las circunstancias de una muerte, sino dar respuesta a una aflicción para que, resignada, ocupe un lugar en los recuerdos que duelen, en el depósito de la nostalgia, donde visitarla en fechas señaladas o cuando un rostro, una mirada, una expresión detectada en un desconocido, la retornen al presente para revivir la pérdida o rescatarla del olvido, oponiéndose a su muerte definitiva.

—Ahora mismo disponemos de escasos datos: los reflejados en la autopsia, los informes toxicológicos y las referencias iniciales que he obtenido de dos entrevistas realizadas hasta el momento. Me hace falta saber el motivo por el cual ustedes sospechan algo irregular en lo acontecido a su hijo Gabriel, que no se explique por un paro cardíaco que lamentamos, pero irremediable.

Cruzaron sus miradas para darse el permiso mutuo para expresarme algo que hasta el momento ocultaban a la espera de desembarazarse de su contenido y desvelar que conocían más del sumario de lo que yo presumía.

—Mire, inspector, queremos ser francos con usted, colaborar lo mejor posible —se adelantó el padre de Gabriel para tomar la palabra mientras agarraba la mano de su esposa, para mostrarme que, aunque uno de ellos hablara, lo hacía con el respaldo del otro, que todo estaba hablado entre ellos para evitar fisuras, llevados quizá por la opinión generalizada de que un matrimonio debe aparentar completo acuerdo cuando se expone ante otras personas, sean los hijos, las amistades o personas como yo que indagan en las intimidades. Prosiguió:

»Hubo una filtración antes de que el comisario Montero nos participara del resultado de los informes que ha mencionado. Por favor, no me pida que le descubra la vía por la que lo hemos sabido; a fin de cuentas, no va a cambiar nuestra inquietud y tampoco entorpecerá sus averiguaciones. Sabemos que la autopsia encontró lesiones interiores en el intestino de nuestro hijo, desgarros, creo que describe, y también hallazgos de que consumió cocaína, alcohol y sedantes. Esto es lo que nos ha extrañado, porque nuestro hijo no daba muestras de consumo de sustancias. Eso no puede ocultarse por mucho tiempo; acaba por notarse y alguien cercano da la alarma, o la sospecha o la crítica velada que, lejos de tapar, despierta preocupaciones. En cuanto a que nuestro hijo tuviera ciertas prácticas sexuales, es evidente que él nunca lo hubiera hablado con nosotros; no sabemos si con su hermana. Tampoco se lo habríamos preguntado porque son temas de difícil abordaje entre padres e hijos. Existe un pudor para entrar en la esfera de la intimidad, un gesto que rebasaría la frontera del respeto debido. Nosotros somos católicos practicantes, hemos educado a nuestros hijos en esta creencia y valores derivados. En esencia, nuestros hijos los practican, aunque la forma y la devoción no se expresen o se expresen de otra manera, menos tradicional, más de acuerdo con esta época. Queremos decirle con todo esto que nuestros hijos son queridos y respetados; no importa que en algunas facetas se alejaran de la ortodoxia y llevaran sus vidas de acuerdo con su conciencia.

—En definitiva, inspector, como resumen de lo que mi marido ha expresado, queremos decirle que nos resulta improbable que Gabriel consumiera drogas; nada que lo sugiriera hemos notado. Por eso pensamos que en una fiesta o algo parecido, alguien aprovechó que estaba bajo los efectos de algunas copas para drogarlo, echarle algo en la bebida y después forzarlo, no sé cómo; es posible que con algún instrumento de juegos sexuales que venden en algunas tiendas, de ahí que hayamos solicitado ante el juez la instrucción de un caso de muerte no explicada y con indicios de violencia.

—No se preocupen, los sumarios suelen sufrir filtraciones porque son muchas las personas que intervienen en su confección; todas tienen amigos, conocidos en la prensa, y a veces se toma la información como un alarde por contar con información privilegiada en una reunión y darse lustre e importancia. Así somos los seres humanos: cualquier asunto que nos permita destacar lo podemos utilizar sin reparar en las repercusiones que pueda tener nuestra impertinencia. Lo cierto es que en este momento todos sabemos lo mismo, nos hacemos similares preguntas y deseamos que todo se aclare de la mejor manera. No podemos afirmar o negar la orientación sexual de Gabriel o si alguna vez consumió estimulantes, o si los vertieron en su bebida. Nuestro interés en la elaboración del sumario es el hecho delictivo: si lo ultrajaron o no.

—Inspector Camacho, no tenga duda de que este es el interés que nos mueve, saber si hubo delito o no, si la memoria de nuestro hijo clama por justicia o por su descanso eterno. Su muerte nos produce un dolor inmenso que excede la capacidad humana de tolerancia para las adversidades, que no lo mitiga ni lo puede mitigar la justicia que se haga, el esclarecimiento de la verdad, las muestras de cariño, las condolencias sinceras ni los gestos de piedad. En estos instantes, las palabras nos llegan vacías, incluso transmiten lo contrario de su intención. Cuando un dolor es tan intenso, el consuelo necesario también tiene que ser extraordinario, magnánimo, desmedido, si se quiere, como el exceso de bondad que Tomás de Aquino atribuía a Dios para efectuar una creación que no necesitaba: el descanso en el seno de Dios y la esperanza en la resurrección de los muertos es la única forma de resolver este agravio. A ella nos acogemos, con ella nos confortamos y por ella también clamamos por la justicia para nuestro hijo. Si le soy sincero, dudo cuando pronuncio estas palabras, porque si la justicia es la virtud referida al bien ajeno, dígame, inspector, ¿qué bien puede hacerse a un muerto? El bien que buscamos es para nuestro consuelo. No nos resignamos a dejar este asunto en unas tinieblas que nos hacen daño. Cuando desechamos la fe —porque la fe no se pierde, se desecha—, con ella renunciamos a otros valores, a otras certezas: ya no hay quien nos espere más allá de las estrellas, quien traiga el último consuelo para los desalientos de la tierra, quien establezca un sentido para las cosas que con ira se enfrentan, quien ponga paz y el fin de las contiendas, quien asegure que se sabrá lo hecho en las tinieblas y que se verán las diferencias entre el que se esfuerza en la justicia y el que se abandona a la iniquidad. Todo lo sólido se desvanece en el aire, como hasta el propio Marx lamentaba. Si es padre, inspector, no le resultará difícil entendernos.

—Los entiendo; en mi equipo tendrán la colaboración adecuada para alcanzar este consuelo menor del que me hablan, porque el absoluto y definitivo no está en nuestras manos.

Tras comprobar mi buena acogida a sus reflexiones, cobró ánimo para continuar el discurso en voz alta que en la soledad se repetía hasta fraguar una argumentación que sonaba a queja esperanzada, a reprensión sobre el mundo secularizado.

—La muerte de Dios —retomó la palabra sin mirarme, como si dirigiera su discurso hacia la humanidad entera o, tal vez, para que lo escuchara el asesino que presumía detrás de la muerte del hijo y supiera de la existencia del mal cosmológico al que estaba sometido y que era vasallo al servicio del maligno— no es algo que otros hicieron, algo que se nos da como efectuado, sino una decisión asesina de cada uno, una responsabilidad personal. El vacío que deja, la nada que lo invade, la renuncia a la buena Providencia no consuela, sino que contagia la gelidez de su agonía, el frío que domina el espacio infinito que separa los astros. Proceder de la nada y dirigirse hacia ella después de haber accedido a la conciencia es, si no dramático, al menos triste. Si todo depende de los hombres, vana esperanza nos espera, porque, como Maquiavelo y Hobbes establecieron, los impulsos humanos no progresan; se reiteran a lo largo de los siglos: dominar y oprimir a quien se pueda, y resistir como se pueda. Y si esta resistencia logra su objetivo, pronto se convertirá en dominio y opresión: el mal experimenta diferentes y sucesivos renacimientos. Con Dios murió también el Leviatán y el temor a dejarse arrastrar por las malignas inclinaciones, la vergüenza por las perversiones, la aspiración a una buena conciencia. Dejó de existir el otro y el yo accede a su reinado incontestable. La prevención pasa por horas bajas, puesto que no tenemos directrices ciertas; el pensamiento es débil y la moral también, tan solo el combate contra las consecuencias de los vicios, nunca su censura y advertencia. Lo que se considera útil no tiene que ajustarse a las virtudes morales: abundan los príncipes por todas partes. Disculpe, inspector, se me escapan los pensamientos.

—No tiene nada por lo que disculparse. Entiendo sus argumentos.

—Gracias, inspector. ¿Qué deseaba preguntarnos?

—Sobre las amistades, compañías que conocieran o de las que les hubiera hablado él o alguien cercano. Personas que pudieran proporcionar una puerta de entrada a actitudes y comportamientos que a ustedes se les escapan y nos den la luz necesaria para esclarecer el fallecimiento y sus circunstancias.

—Su amigo desde la infancia era Jesús Martínez, Jesús Martínez Fraile. Fueron juntos al colegio, hermanaron en la misma cofradía para las procesiones de Semana Santa, salían juntos, hicieron viajes, venía con frecuencia a casa, conocíamos a sus padres, buenas personas, gente entrañable. Le paso su teléfono para que lo contacte. También está Francisco Alcalde González. Los tres salían a menudo, formaban un grupo con otros muchachos, a los que se les unían otros chicos y chicas; organizaban bailes, fines de semana en albergues rurales, lo pasaban bien, eran alegres como nuestro hijo; no notamos entre ellos enemistades, aunque unos eran más cercanos que otros, como suele ocurrir con las amistades.

Dio por terminada su intervención y se dirigió a su esposa con la mirada por si quería añadir algo. Ella, que lo cuidó de pequeño pegado a sus faldas, lo vio alejarse con la edad y mantuvo una tolerancia maternal de buena madre con algunas de sus cosas que no compartía y que sospechaba para sus adentros, aunque no tuviera más remedio que negarlas cuando alguien lo sugería o hablaba del asunto.

—Por mi parte, inspector, creo que nuestra hija Magdalena podrá darle más señas; compartían actividades y me consta que eran confidentes, como corresponde a unos sanos hermanos que se cuentan entre ellos lo que esconden a sus padres. Por favor, no nos olvide, no se conforme con el diagnóstico inicial. Sabemos que a los servicios públicos y las mutualidades privadas no les gusta investigar y suelen conformarse con la versión que menos problemas les da.

Los señores Jiménez Centeno me pasaron una lista de nombres que tenían confeccionada. La angustia adelantaba en su pensamiento los pasos a dar. Se contuvieron para no entorpecer mi trabajo, también porque pensaron que investigar ellos por su parte los podría enfrentar a personas de su círculo que se sintieran bajo sospecha directa o sobre alguno de sus hijos y que esto les causara enemistades o reacciones protectoras que entorpecieran la colaboración.

El dolor los incitaba a precipitarse, llamar a puertas, hostigar a personas que consideraban participantes en los hechos, o conocedoras de ellos, porque el dolor quitó el temor a las hostilidades, a la pérdida de posición, al alejamiento de amistades; solo encontraban consuelo en saber que Dios estaba de su parte, que al consuelo prometido se añadía el desvelamiento de misterios que el que todo lo conoce y está en todas partes premiaría sus desvelos, sus oraciones, las vigilias y, conscientes de la imperfección humana, las novenas a Santa María de las Penas y al Cristo de la agonía, porque pena y agonía definían en lo que ahora consistía su vida, desde que recibiera a un hijo muerto en extrañas circunstancias. Sin embargo, su comprensible obstinación permanecía fija en la necesidad de justicia; no transitaba aún hacia el ámbito misericordioso del perdón, en el cual no se requiere del reconocimiento de la falta ni del arrepentimiento, reposa tan solo en la desproporcionada iniciativa de la gracia que perdona, y es gracia porque no es obligación ni acuerdo, sino donación unilateral y extravagante que excede a las posibilidades del pensamiento, pero que puede ser traído a la existencia para vivirse, aunque no pueda pensarse.

Mi actitud no pasa por estos estadios teológicos ni políticos. Me atengo al judicial, que tampoco pide ni le importa el arrepentimiento, porque se interesa por la imputación correcta y la retribución adecuada que penaliza el mal con otro sufrimiento, esta vez reglado y merecido por el culpable.

Procuro no juzgar cuando realizo mi trabajo sobre las conductas inusuales, ubicadas en el ámbito molesto de la desviación, la perversidad, estigmatizadas por el pasado; procuro no juzgar hasta que, dado el caso, se relacionan con el daño, la imposición, el maltrato, la ofensa y el asesinato. Entonces, hasta lo que está normalizado muestra su rostro amargo, agresivo, enfermo, demenciado y ya no se diferencia de los modos de actuar que tenemos señalados, porque todo puede ser afable, bello o terrible como un ángel, cuando cambia la guardia que tiene encomendada por la espada que extermina a los inocentes neonatos.

Estoy convencido de que las facetas de la vida que se reservan para la intimidad no son más auténticas que las que exhibimos en nuestra vida social. Nuestra exterioridad es una decisión elaborada por la parte que no mostramos y preferimos dejar al abrigo del rechazo y de la crítica severa. Se suele utilizar la intimidad para descalificar la fachada, la presentación pública, como si descubriera algo que es más propio y genuino de la persona y que se mantiene oculto porque también es su cara más repudiada, pero real, que afecta a todo lo que sabemos del sujeto y extiende una mancha que satura cualquier atribución diferente. Ubica al sujeto descubierto entre las personas controladas, porque sabemos lo que es en la vida privada: ladrón, pervertido, violento, y ahora debe permanecer callada, quitada de en medio, señalada, muerta para los lugares en los que su competencia era temida y su muerte deseada. Son partes de la persona que, mientras no generen sufrimiento hacia otra, podemos tomarlas como manifestaciones del deseo que tiene su ámbito de expresión en todo lo que la vida da de sí, como las pinturas que pasan de escuela en escuela, de estilo en estilo, representando lo evidente y lo arcano con diferentes trazos, formas y tonalidades.

Antes de calificar las observaciones de la autopsia como procedentes de una conducta censurable, lo que debo averiguar es si se trató de un ejercicio de dominio, de penalización, de maltrato, de violencia, en definitiva. No me interesa saber si la víctima era mejor o peor que el perpetrador del crimen; solo distingo entre el que hizo el daño y quien lo recibió. Si hubo sevicia que convirtiera un acto de placer en un delito. Si esto no se demuestra, las conductas que hasta el momento han tenido la marca de infamia pueden perderla y pasar a pertenecer al ámbito de los juegos sexuales, algunos de los cuales acaban por adquirir signos de distinción cuando la libre circulación del deseo deja de subordinarse al aparato social.

Los padres se encomiendan a vírgenes y cristos en permanente padecimiento, porque encuentran en ellos el reflejo de su sufrimiento. Nos adentramos en los arcanos, en la profundidad del inconsciente colectivo que abraza a la persona en su regazo con la compañía de las multitudes que la precedieron en las torturas, los tormentos y el abatimiento, y parece que su llanto se une a los que lloraron hace tiempo, Jesús ante Lázaro muerto, y María ante el cuerpo sin vida de su hijo descendido del madero. Otras explicaciones les quedan lejos del alcance de su esquema de interpretación de la realidad. Permanecen ajenos a la parcialidad de sus juicios, aunque una angustia obstinada y molesta los visita y recuerda que las cosas pueden ser de otra manera, no como las piensan, no como se las enseñaron en la escuela.

El poder del mito reside en su antigüedad, en la lejanía que embriaga la razón hasta que, seducida, convierte lo improbable en seguro y lo dudoso en verosímil a escasa distancia de lo verdadero. Su proceder es activo, insistente; se alimenta del paso del tiempo y de las eternas carencias humanas irresueltas. Adapta los contenidos a cada época, es el rayo que no cesa. No se puede desafiar su influencia, que se encuentra arraigada en las partes más arcaicas del cerebro, las que se resisten a admitir que antes y después de la muerte no había ni habrá nada. Sin embargo, la nada no tiene rostro humano, mientras el mito lo conserva y resiste los embates de la razón para renunciar a la esperanza, la resurrección de los muertos, los justos juicios y las lágrimas enjugadas con pañuelos de seda y sábanas blancas.

La fe es desvergonzada, no pide permiso para posarse en diversas creencias que la razón cuestiona, y la ciencia, en contra, argumenta. Este ímpetu le permite grandes hazañas y terribles obstinaciones que suelen acabar en la decepción y la violencia, porque lo que para el hombre natural es inverosímil, para el de fe es certeza y se desentiende de otras perspectivas para analizar actitudes y comportamientos. Con la suya le basta para sentirse seguro poseedor de la verdad.

V

Elena acercó a Jairo hasta las inmediaciones del teatro Echegaray. Yo lo esperaba con las entradas para la función infantil que divierte a los niños y hace pensar a los adultos.

Se trataba de la adaptación teatral de *Las aventuras del doctor P. Dante en el País de los Ceroúnos,* cuyo autor, Augusto López, refractario a olvidar la infancia, fuente de imaginación, había preparado con esmerado lenguaje cervantino e inagotable fantasía.

Aparecieron al doblar la esquina de la calle Granada, porque se apearon del bus en la parada de la Alameda y, desde allí, subieron por la calle Larios. Llevaba el cabello recogido con un lazo rojo, los labios pintados de carmesí, los ojos resaltados por un contorno oscuro que le confería una mirada profunda sellada en sus significados. Al verme, sonrió. Dejó ver sus dientes blancos; el niño salió a mi encuentro corriendo, animado, con ganas de divertirse con el espectáculo. Ella se detuvo y siguió de largo cuando comprobó que tenía a Jairo sujeto por la mano. Un gesto de despedida con la mano fue su último mensaje: no quería hablarme ni que le hablase, menos aún sentir mis labios en su mejilla por un beso de cumplido ni escuchar mis preguntas sobre su estado.

La distancia entre nosotros se hacía grande, insondable, como si nunca nos hubiésemos querido, compartido buenos instantes, fundido nuestros cuerpos en la intimidad, reído a voces, sobrellevado angustias por alguna enfermedad del hijo o soñado juntos con algún viaje. Sentía cómo me borraba de sus recuerdos, cómo mi imagen se difuminaba hasta convertirse en una bruma sin forma, vacía de afectos, un ejercicio activo por eliminarme como estorbo para empezar de nuevo con otro sujeto, acaso mejor escogido, menos oscuro, menos complejo, más fuerte para agarrarse a la vida y menos esclavo de pensamientos. No quería interferencias por mi parte.

Jairo nada me contestó cuando le pregunté si mamá salía con alguien; observé que le molestó que sondeara en él lo que debiera preguntarle a ella. Quizá le molestaba la idea, la posibilidad de compartir a la madre con otro sujeto distinto que el padre al que le daba el permiso del Edipo resuelto. Pero el padre estaba lejos y Jairo tendría que vérselas a solas con esta posibilidad, porque algo percibí en Elena: la ilusión por ilusionarse, por trastornar su realidad con un nuevo aliento y encaminarse hacia otro sendero con compañía distinta que transformara lo viejo en algo nuevo. Aunque se haya llegado a la edad de la razón, el adolescente que llevamos dentro desea regresar a las promesas baldías, los tímidos besos, las palabras engañosas, los halagos funestos. Desea revivir otro tiempo, repetir los afectos con los nuevos conocimientos, como si estos no desaparecieran cuando la pasión domina los cuerpos y trastorna los pensamientos. Sentí temor, celos, algo de rabia por ser sustituido por otro sujeto, la evidencia de que yo no era tan valioso, tan singular, como creía serlo.

La obra de teatro infantil me pareció que desvelaba las absurdas convenciones de la vida cotidiana, las trampas de la tecnología y, en su lugar, colocaba la directa ingenuidad que llama a las cosas por su nombre sin malignas intenciones ni engañosas palabras. El bueno era bueno de verdad, y el malo de solemnidad, pero sin capacidad de engaño ni de hacer su voluntad, porque los niños percibían desde un principio sus intenciones. Celebramos el triunfo de la amistad, la inteligencia y la belleza de las palabras enlazadas en expresiones llenas de poesía y sabiduría.

Salimos del teatro pasado el mediodía. Los turistas llenaban los restaurantes; los atraen la comida, las cervezas, la carta de vinos, la luz del sur, el gusto por la vida. Luego las copas, las risas de los vientres complacidos, las embriagueces, los vómitos por las calles, la orina en las esquinas. Nos alejamos en busca de un lugar más tranquilo donde pudiera hablar con un niño sin el recurso a las manidas preguntas sobre los estudios o los gustos deportivos. Más bien me interesaba saber cómo le iba con los amigos y, por encima de todo, si notaba en su madre movimientos de nuevos amoríos, si se aproximaba el momento de compartirla con otro, porque conmigo no la compartía; era toda suya, sin competencia posible. Reconozco que mordí el señuelo de utilizarlo para apaciguar los celos residuales que no querían abandonarme.

—A veces, cuando salimos, viene un amigo. Creo que es compañero del hospital.

—¿Puedes hablar con ellos?

—Me cuentan cosas del servicio; creo que es médico y que también tiene un hijo.

—¿Ves a mamá feliz?

—Está contenta. También vamos al pueblo a visitar a los abuelos. Ayudo al abuelo a recoger las naranjas, las almendras y las hortalizas del huerto. Mamá acompaña a la abuela en la cocina, y visitamos al tío Alberto. El médico vino una vez para conocer el pueblo porque me parece que es de otra ciudad.

—Entiendo. ¿Estás a gusto?

—Sí, no tengo problemas.

—He visto tus notas; son muy buenas. Me alegro mucho.

—También vamos bien en la liga infantil con el equipo de fútbol. A veces vamos a comer juntos con los padres de los compañeros. Mamá viene y se lo pasa bien. Ven también un día.

—Descuida, así lo haré. Dime cuándo es el próximo entrenamiento para ir a verte y conocer a los demás padres.

—Mamá lleva el calendario, pregúntale.

Con vergüenza y pena reconocí que estaba ajeno a las actividades de Jairo. Temí que mi pregunta enojara a Elena, que le diera un motivo para confirmar mi descuido y la buena decisión que tomó cuando me dejó. Nos pasamos la vida recopilando argumentos que respalden lo que hicimos o que aumenten la carga de reproches por los errores cometidos. Todo para convencer a la voluntad de que obró bien, sin más remedio, hostigada por las circunstancias, para dar racionalidad con el acúmulo de causas a lo que fue el imperio del deseo desnudo que se desembaraza de lo molesto y decide por el placer, y no un efecto previsto, un resultado consecuente de lo que se había sembrado.

Después de comer nos desplazamos hasta el puerto, para contemplar los barcos, los enormes cruceros, alimentar ensoñaciones de viajes al extranjero como hacía mi padre conmigo cuando era pequeño, y visitar algunas ciudades de las que estudiaba en los cuadernos.

—Papá, ¿cuál te parece más importante?

—Sin duda, Roma, después Alejandría.

—Pero si los romanos eran muy malos, invadían países, tenían esclavos, y el peor de todos, Poncio Pilatos, que se lavó las manos.

—Los vencedores cuentan la historia a su modo, pero los vencidos también esconden sus carencias, sus injusticias, sus violencias detrás de las muestras de poder. Roma dominó el mundo de entonces, pero también trajo el avance de la cultura, las comunicaciones, el comercio; hizo del mundo conocido un universo. Trajeron el derecho que sustituía los códigos arcaicos y rudimentarios que tenían muchos pueblos, también el hebreo: si te fijas, el derecho romano no encontró nada malo en Jesús, mientras que la ley mosaica lo condenó. ¿Me explico?

—Creo que sí, te lo vuelvo a preguntar cuando repase el tema en historia o en la catequesis.

—De acuerdo.

—¿En qué puesto juegas en el equipo?

—De lateral derecho, porque soy de los más altos y rápidos y entro bien por las bandas.

—Entiendo.

Elena se aproximó con rostro molesto a la entrada del edificio donde la esperaba con Jairo, tomado de la mano. El niño estaba cansado por el día con su padre: teatro, comida en un centro comercial, paseos por el parque, después en mi vivienda hasta consumir la tarde, y el cielo amarilleaba por el crepúsculo de tonos suaves que ocultaba el sol detrás de las montañas y esparcía sus sombras sobre la ciudad preparada para las cenas en las casas, los baños de última hora, la película del domingo y los lechos desnudos de las personas solitarias.

Quise darle un beso, besarla en la cara, pero retiró con un gesto brusco su rostro serio, sin explicarme por qué, si besa a los extraños, a mí me lo negaba. Pero un marido del pasado es algo más que un extraño, es un ser repudiado, que no merece afecto por dejar un rastro de tiempo perdido, de horas de des-precio, una ofensa para la entrega de la vida, la negación de la reciprocidad que ella esperaba. No había lugar para los besos, tan solo para algunas palabras de cortesía sin el roce de la piel ni el calor húmedo de los labios.

—¿Lo habéis pasado bien? —dijo, para mudar el semblante, mirando a Jairo.

—Sí, bien, como siempre —respondió el niño, normalizando la forma de vida que le había tocado en suerte o en infortunio; el tiempo lo dirá, que espera paciente para dar su dictamen definitivo.

—Si te parece bien, recogeré a Jairo el viernes por la tarde para visitar a mis padres en Almuñécar. Se quedan allí hasta pasado el verano.

—Me parece bien, estará preparado. Buenas noches, que te vaya bien.

—También a ti, de verdad te lo deseo.

Me dirigí hacia la avenida Velázquez para cruzar la frontera que separa dos niveles de vida, de ingresos, de gastos, de expectativas de futuro, de angustias del presente, de deudas del pasado. Avenida de la Luz hacia arriba. Dejé a los lados los establecimientos agónicos, las casas de apuestas que prosperan en los barrios pobres, conscientes de que la esperanza en un golpe de fortuna crece con la necesidad, lo mismo que el consumo de cerveza, los psicofármacos y los estupefacientes. Estas calamidades tienen su denominador común en la falta de recursos, el maltrato laboral y la baja cualificación.

Las calles las barrerán de madrugada; después, los camiones cisterna limpiarán las aceras, y los habitantes de los edificios, tristes y afligidos, saldrán a sus trabajos, a la cola del desempleo, a la oficina de los servicios sociales del ayuntamiento para pedir el auxilio requerido que permita alimentar unos días más a la familia hasta que llegue el golpe de suerte soñado de las loterías del Estado o un buen contrato de trabajo.

Llegué a mi portal, triste, decepcionado. Me esperaba el pequeño piso alquilado, los alimentos refrigerados, las noticias de la noche en el telediario. Esperaba que el ascensor abriera sus puertas cuando llegó ella y, por primera vez, pude verla. No era vecina nueva; su nombre en el buzón estaba antes de que yo viniera y pegara mis señas debajo del suyo sin saber quién era. Más de dos años sin encuentros, sin coincidir en las subidas ni en los descensos; ni un encuentro por las escaleras para tirar la basura o recoger la correspondencia. La tenía enfrente de mí y no daba crédito a que me hubiera pasado desapercibida. Cuando uno está ensimismado, hundido en sus pensamientos, lo que ocurre en el entorno no se detecta, no se aprecia en su valor, en su belleza; todo queda bajo la sombría cubierta del desencanto, de la pena.

Belén es su nombre. Lo recordé escrito en la etiqueta para decirle al cartero quién era ella y que pusiera las cartas en el buzón correcto. Me saludó con una sonrisa abierta, una boca grande en la que pude ver la lengua asomada como niña curiosa y reservada escondida detrás de los dientes relucientes. La saludé de inmediato.

—¿A qué piso vas? —dije en voz baja.

—Al sexto, creo que me bajo después que tú; me parece que vas al cuarto, si no me equivoco.

—No te equivocas. ¿Es la primera vez que nos encontramos?

—En alguna ocasión nos hemos cruzado, siempre con más vecinos. Además, llevabas un libro entre las manos, y no te dabas cuenta de los que estábamos a tu lado.

—Perdona mi descuido. Siento no haber sido considerado, sumergido en divagaciones, cuando te encontrabas tan cerca. Habrás pensado que era un sujeto maleducado. Lo siento de veras y te pido disculpas por mi falta de tacto.

—No le des importancia; te veía extraño, pero no me sentó mal. De veras, no te engaño.

El ascensor llegó demasiado pronto a la cuarta planta. Deseaba que se hubiera detenido, que viviera en la misma planta para prolongar el saludo en el rellano de la escalera. No fue así, sino que abrió sus puertas metálicas y no tuve otra opción que una despedida obligada.

—Encantado de conocerte. Espero que no sea la última vez que nos vemos. Me llamo Agustín. ¿Y tú?

—Belén, sexto B. Que tengas buena noche.

—Gracias, tú también.

«Cómo podía tenerla sin ella a mi lado», pensé, con los sentimientos desatados por su cabello rubio veteado, recogido en una cola de niña de parvulario, la sonrisa amplia, los labios carnosos que se engrosaban al cerrarlos, la tez pálida, los ojos marrones rodeados de pestañas arqueadas y su voz alegre que resonaba en el rellano.

Entré en mi casa. La sentía sórdida, carente del atractivo que tienen las que albergan entre sus paredes calor de hogar, refugio para el descanso, cobijo para el desamparo. No la había atendido para poner en ella las marcas del cariño, la huella de la vida del que la habita, que después se transmite a todo el que la visita para que adivine en los cuadros que cuelgan, los libros de las estanterías, las fotografías, las plantas que reciben su cuidado a su debido tiempo, una historia, una pertenencia, una forma de ser o de aspiración para ser, que sirva de bienvenida, que, al abrir la puerta, abra el corazón de manera sincera.

En la casa predominaba el desaliño, el descuido, la manifestación de un egoísmo que parece tener tan solo tiempo para sí y se lo niega a las cosas que lo rodean y facilitan la vida, las tareas que se precisan para mantener la existencia. Con razón, Jairo prefería pasar los días conmigo en los centros comerciales, los cines, los restaurantes, las pistas de patinaje; una relación sin hogar, sin domicilio de referencia.

Es posible que, para considerarse padre, también haya que proveer de un lugar de pertenencia, una dirección a la que dirigirse cuando la calle se torna fría, la lluvia cae intensa o el calor aprieta; y vagar no conforta el ánimo, sino que fatiga y desalienta.

Entré en el sueño pensando en ella, la vecina, la cercana que mi necedad mantuvo alejada, ignorada por tanto tiempo y ahora surgida de improviso como Venus de las aguas, sin esperarla, como ocurren las cosas buenas, también las malas.

Nada sabía de ella, del contenido de su alma, pensamientos, intenciones, querencias, esperanzas y frustraciones que arrastrara. Pero el rostro hace soñar; impone una historia a unas expresiones de la cara, al sonido de una voz, al contenido de unas palabras, al gesto de una mano que saluda, a la luz de una mirada. También es cierto que todos los rostros no permiten ensoñaciones similares; algo existe en su semblante que despierta sentimientos selectos, escogidos entre varios, desecha unos como inadecuados, y llena el alma con los que corresponden a las facciones que los han sacado de su letargo. No cabía en mi imaginación que Belén reservara algo malo, algo extraño; me pareció percibir cierta ingenuidad en el modo en que recibía mis palabras, en sus respuestas rápidas, sin planearse, sin reflexión, surgidas en el momento, abiertas, sin precauciones innecesarias.

Quizá fuera así con todos los vecinos, los compañeros de trabajo y los monitores del gimnasio, y yo en nada me diferenciaba, receptor de su simpatía como los vecinos de abajo, el lotero de la esquina y el cajero del supermercado.

No podía negar que su alegre saludo me llenó de anhelos olvidados por amar y ser amado, de otra oportunidad para demostrarlo. Y solo fue su rostro el que despertó este afán temerario que se adentra en el mundo desconocido que existe detrás de cada persona y que pretende acomodarlo entre las carencias propias, hacerle un lado, dotarlo de espacio para que convivan con errores y desencantos.

Dejé de pensar, que sienta mal pensar tanto, porque es improductivo, estéril y árido cuando se piensa solo, sin nadie al lado para que responda, rectifique, impugne, abra universos cerrados, detecte silogismos vanos, confirmación del desengaño y siembre en la mente pensamientos que den fruto nutritivo para propios y extraños.

Desperté a las siete de la mañana; era sábado. Preparé el desayuno imitando a mi padre a base de café, pan descongelado, mantequilla Imperial, mermelada de arándanos y un plátano de Canarias punteado de negro porque estaba madurado. Me asomé por la ventana a la avenida solitaria que los operarios de la noche lavaron con prisa y displicencia. Parecía que la lluvia nos había visitado; por el aroma a tierra mojada no se distinguía la procedencia del agua, si venía del cielo o de las cisternas de Limasa. El sol aparecía con el reflejo de sus destellos en las ventanas del vecindario que descomponían la luz en un prisma de colores como un arco iris urbano y proletario. Los que trabajan en sábado salían de los portales con el gesto triste y los andares lentos, sin ilusión, en dirección a la parada del bus o la boca de metro más cercana. Otros abrían las puertas de los coches aparcados y se dirigían solitarios a los lugares de trabajo con las noticias de las ocho en la radio.

Distinguí la silueta de Belén en la pequeña cola que se formó en el despacho del pan. Permanecí a la espera de que reapareciera desde el fondo del obrador para comprobar que era ella y volver a verla. Repasar las pinceladas con las que mis ojos dibujaban la representación de su cuerpo, delgado, en apariencia frágil, recubierto por un pantalón ancho y una chaqueta de cuello alto. Dejó su cabello suelto, lacio, que caía sobre los hombros y le daba un aspecto lánguido, que contrastaba con la vitalidad de sus movimientos en la tarde anterior, cuando nos encontramos en el rellano.

Quizá la noche borrara la apariencia de alegría e influyera de mala manera. ¿Acaso el amanecer recupera congojas olvidadas por un momento debido a la cortesía que se impuso delante de mí? No lo sé ni me interesa saberlo; eran posibilidades que enriquecían la visión de esta mujer de la sexta planta, puerta B. Permanecí asomado a la ventana dispuesto a provocar una nueva coincidencia si la veía salir por el portal. Necesitaba una nueva conversación; contrastar el deseo de mi imaginación con la persona real, si yo tuviera cabida en su mundo, o si ya estaba pleno, sobrante de individuos y vicisitudes para hacerme un lugar. Si la compañía de un hombre entristecido, escéptico, que sentía en su conciencia como propia la herida inmerecida recibida por otros, en el que la misantropía ganaba terreno día por día, fuera aconsejable, deseable, oportuna para una mujer desconocida.

El cielo pareció escuchar mi súplica por una oportunidad para la vida. La vi salir ataviada con atuendo deportivo, zapatos para caminar, gorra, gafas de sol y el teléfono conectado a unos auriculares blancos. Bajé deprisa, sin esperar al ascensor, saltando los escalones de cuatro en cuatro; la pude ver al final de la calle dispuesta a cruzar en cuanto el semáforo cambiara. Me dio tiempo a alcanzarla en el otro extremo de la calle. Caminaba con parsimonia, con una leve inclinación del tronco hacia delante, como si las piernas no respondieran al mandato de acelerar los tiempos, apurar la llegada y se resistieran a la prisa que solicitaba el alma. Mantenía la mirada fija en las líneas del suelo que aseguraban la orientación por el camino, porque las estelas de la vida se comportaban como las que Machado describió para las marinas: borradas, sin dejar rastro que le permitiera salir del laberinto en el que los acontecimientos adversos la tenían encerrada.

—Buenos días, Belén, vaya coincidencia. Dos años sin cruzarnos y ahora dos encuentros seguidos en el mismo vecindario.

La saludé con el aliento agitado, sin estar seguro del efecto de las palabras pronunciadas, si eran las adecuadas, torpes, excesivas, delatoras de intenciones, simuladas.

—Buenos días, Agustín, salgo a caminar un rato. Durante la semana tengo escaso tiempo por el trabajo, el mantenimiento de la casa y las visitas a mis padres, que tienen goteras con los años.

—¿Están enfermos?

—Nada importante, pero se mueven poco, casi no salen; como yo no los aliente, no pasean, no se animan para realizar actividades; los invade una tristeza que amenaza con acabar con ellos.

—¿Existe un motivo detrás de esa melancolía?

—Tuvieron tres hijos, yo soy la de en medio —inició su relato. Retiró de sus oídos los audífonos y apagó el teléfono con un gesto delicado.

Pude darme cuenta de que no escuchaba canciones ni música, sino una conferencia; una psicóloga opinaba sobre el duelo, daba sus consejos, ponía ejemplos de superación, de cómo todo volvería a su cauce de nuevo.

—Mi hermano menor falleció en un accidente de tráfico hace cuatro años. No lo superan; es posible que el duelo por un hijo sea insuperable, eso dicen los psicólogos, los expertos en acompañar los malos tragos, pero ni mi hermano mayor ni yo conseguimos animarlos, que salgan con nosotros, que vean a sus nietos. Tengo dos sobrinos de mi hermano mayor; el menor no dejó descendencia, sino una viuda que ha rehecho su vida, y a mis padres esto, aunque dicen comprenderlo, les causa mayor pena, como si solo a ellos les doliera ese dolor y la memoria de mi hermano a ellos solo les importara. Que la vida para otros continuara, y para ellos se detuviera en un invierno sin primavera que lo siguiera. Yo no tengo hijos ni pareja; rompí con la que tenía a raíz de esta situación, porque él no comprendía mi preocupación, que diera la preferencia a mis padres durante aquellos momentos y lo dejara en segundo lugar. No tuvo paciencia para esperar que el duelo se resolviera ni la capacidad para acompañarme durante el proceso. Perdona que te haya contado tantas cosas de un tirón, sin habérmelo pedido, pero la angustia hace hablar más de la cuenta, deja abierta la puerta del corazón.

—Descuida, Belén. Te agradezco de verdad que, sin apenas conocerme, me hayas tenido por digno de confianza para compartirme esta información. Sé que fue y es terrible soportar una adversidad tan grave e irreparable. Lo siento.

Acaso sea esta situación la que explica y da sentido a la intuición que me hacía presumir cierta melancolía en Belén, cuando va sola y cree que nadie la ve, cuando no recompone su rostro y los sentimientos se expresan sin restricciones por las facciones y el silencio.

—Gracias —respondió, apretando mi brazo con firmeza—. ¿Paseas o vas en otra dirección?

—Paseo, creo que igual que tú. Si no te molesta, me gustaría acompañarte.

—Puedes hacerlo, no tengo inconveniente. Camino durante una hora; después tengo que regresar, porque hoy voy con mis padres.

Nos dirigimos hacia el Paseo Marítimo. Como olvidé las gafas de sol, la luz creciente por momentos me obligaba a mantener los ojos semicerrados y el ceño fruncido. Al regreso sería diferente —pensé—. Mi cara estaría menos arrugada y podría mirar a Belén con más detenimiento, estudiar sus gestos, confirmar las apreciaciones del momento y realizar mis juicios estéticos, los que ponen las bases para el resto de los juicios y de los razonamientos. Por ahora solo tendría acceso a su pensamiento, a las palabras que pronuncie, que delatan cómo se organiza su mundo, cómo siente la vida, qué espera del futuro, a qué dedica su tiempo.

—¿Por qué motivo, si no es indiscreción, vives solo?

—Me separé hace tres años. Tengo un hijo de diez, Jairo, que viene poco, porque no le gusta el piso donde vivo; comparado con el de la madre, es poco acogedor, como un lugar de paso. Todavía no he sabido darle la calidez necesaria para que lo sienta como propio. Mis padres viven en Granada; los visito en verano cuando bajan a Almuñécar. Jairo me acompaña. Los abuelos se encargan de crear un ambiente grato. Trabajo como inspector de policía; me ocupo de la investigación de crímenes, homicidios, asesinatos. Espero que no te repela el vecino que tienes dos plantas más abajo.

—Parece un trabajo interesante, desde luego, necesario, porque cuando a alguien le matan un familiar, un amigo, un ser querido, debe ser una experiencia terrible y supongo que clamarán para que todo se aclare y se diriman culpas y responsabilidades.

—Así es, Belén, nos dedicamos a establecer sospechas, sopesar indicios, buscar pruebas que incriminen o absuelvan. Es difícil; el delito se protege, se oculta, no quiere dar la cara, y nuestra labor consiste en obligarlo a asumirla, en desvelar lo que la intención asesina quiere mantener velado.

—¿Cómo fue que os separasteis?

—Yo no lo deseaba. Lo veía venir, que se me echaba encima como un alud inevitable; sin embargo, mi estado no me permitió reaccionar a tiempo, evitar el desenlace. La comprendo. Entendí sus motivos y su desencanto. No le atribuyo responsabilidad en el asunto. Ella es una buena persona y la sigo estimando, aunque me he hecho a la idea de que todo ha terminado. Parece que está interesada en un hombre, compañero de trabajo. Desde entonces, estoy solo, recupero aliento, ilusión por el trabajo, cuidado de mi hijo; vuelvo a leer novelas y ensayos. Aquí me tienes caminando a tu lado, feliz por conocerte, escucharte y que me escuches.

Belén se detuvo para mirarme de frente, cara a cara. Parecía perpleja por mi forma de contarme, de expresar mis experiencias. ¿Acaso quería comprobar si mis gestos acompañaban a mis palabras, si eran imposturas de una mente trasnochada, si era de fiar, o si existían motivos más que suficientes para que mi esposa me dejara y para que ella no se acercara, que este encuentro fuera el primero y también el último, que nuestra relación no pasara del saludo de cortesía en el rellano de la escalera?

Guardé silencio, no eran necesarias las palabras; leí en sus ojos una cierta decepción, como si hubiera pensado que podría ser un buen amigo, un amante o un acompañante para su aflicción y, ahora, tras mis confesiones, la ilusión se desvaneciera, y que yo era como otro cualquiera, con el egoísmo a cuestas, con el yo entronizado, con una relación fracasada que anunciaba nuevos naufragios, que formaba parte de ese grupo humano calificado como material averiado, que no es útil para empresas duraderas, sino que con las primeras exigencias se quiebra y se desecha.

Esto pensaba yo por ella, porque Belén nada decía; permanecía seria, hasta que llevó una mano cerrada hacia su mentón en señal de reflexión, esbozó una sonrisa que arrugó las comisuras de sus labios y abrió los párpados, y permitió que los ojos brillaran con vivacidad.

—Tendremos paciencia. Nuestras historias son difíciles; no las vayamos a complicar más de lo que están. No me asusta lo que te ha pasado; ya nada me puede asustar. Cuando la muerte se ha visto tan cerca, cuando ha afectado a un ser querido con esa violencia, todo parece leve, superable. Pienso que podrás recuperarte y sacar lo mejor de ti de esta experiencia; no tienes por qué sumergirte en la desesperación. Yo espero de mis padres un pequeño amanecer, algo que me permita vivir con alegría, sin la culpa de que ellos sufren y no tengo derecho a la felicidad.

Me gustaron sus palabras. Contenían reflexión y esperanza. Me di cuenta de que estaba ante una mujer a la que los quebrantos de la vida la habían hecho más sólida, pensativa; entonces, mi interés por conocerla se confirmó más allá de su bello rostro, de su voz modulada y de las señales de amistad que me enviaba.

—¿A qué te dedicas? —retomé la conversación, con temas convencionales, necesarios para ubicar a las personas en sus ocupaciones cotidianas.

—Soy higienista dental; trabajo en una clínica de la barriada de La Paz, cerca de aquí. Realizo limpiezas dentales, ayudo en las intervenciones de los dentistas, las radiografías, los moldes para las férulas, los ajustes de las ortodoncias y los sellados de fisuras para el programa escolar.

—Trabajo complejo.

—Todo lo complejo se acaba dominando cuando se repite muchas veces y se aprende de los demás.

—Sabias palabras, Belén. Se podrían extender a varias facetas de la vida.

Rio durante un momento. Agarró mi mano y tiró de mí hacia uno de los locales que pueblan el paseo cada doscientos metros para poner cierta armonía en la discordia que crea la competencia.

—Te invito a un café. El aire es algo frío y el poniente comienza a soplar con fuerza. Nos refugiamos y seguimos adentro.

Estábamos mejor resguardados del viento; también podía contemplar su rostro con detenimiento, sus facciones, los movimientos de sus manos peinando el pelo revuelto. Se ausentó para el servicio durante un momento. Antes me dijo:

—No me aguanto, estoy que me meo.

Esta normalización de las necesidades que tenemos me gustó como un gesto de humanización, para evitar que los deseos fomenten imágenes ilusorias desde los primeros encuentros y aceptáramos las funciones del cuerpo, que respira, suda, huele, defeca, orina y tiene sueño, que se evitan en los poemas, en las películas y se habla poco de ellas en los ensayos y en los cuentos. Contemplé su aproximación serena, los movimientos de su cuerpo, alto, delgado, esbelto, los matices de su pelo con los reflejos del mar encrespado, repleto de pañuelos de espuma blanca y corrientes del Estrecho. Me miraba y sonreía, como si ocultara un pensamiento travieso, irónico, sobre mi aspecto. Después acercó su mano para peinar mi pelo y finalizar con una caricia sobre mi mejilla, que recibí como un aliento fresco que provenía de la dueña de esas manos finas y amplias que parecían transmitir una aceptación y aplazar los rechazos.

—¿Te recompensa dedicarte a la Policía? No lo digo por el salario, sino por la dedicación, el trato con la maldad, el peligro, la muerte al acecho…

—Tiene su atractivo, no lo niego. En un principio, uno cree encarnar lo bueno, lo justo, la oposición contra el mal ajeno; después, las cosas cambian; en casi todo coexiste lo podrido, las ganancias fraudulentas, las mentiras, los intereses superfluos. Creo que lo que todavía me motiva es la contemplación del sufrimiento. Puede ser el único valor absoluto, la razón que permanece firme ante tantas desventuras y corrupciones.

—Es difícil mantenerse libre o limpia de contaminaciones.

—Aunque veamos en nosotros la huella de la maldad, lo que importa es su rechazo, la negación a ejercerla, su crítica severa, el desarrollo de virtudes que la mantengan sometida a lo bueno, a lo justo, a lo bello, a la negativa para recitar con convencimiento la oda a la mentira del marqués de Bradomín, que, como la confesión, consuela las almas doloridas y las hace florecer. Con frecuencia, la verdad daña y deprime; quizá por eso tendemos a rehuirla y aceptarla de buen grado.

—No conocía ese texto. Es curioso que, en nuestra primera salida, hablemos de estos temas; no me ha ocurrido nunca. Creo que podremos establecer una buena amistad. Me pregunto qué pensarás sobre mí, que así, de repente, te hable sobre duelo, muertes y sufrimientos.

—También me has invitado a café, peinado el cabello y dado una caricia en el rostro pálido por el viento.

—Tenemos poder para el mal, pero también para el sosiego, el afecto, un gesto de aceptación y de reconocimiento.

—Es cierto, esto es lo que percibo de ti, que reflexionas sobre aspectos de la vida, los buenos y los siniestros. Creo que la muerte de tu hermano ha conmocionado tus cimientos, pero no ha derrumbado el edificio de la vida que deseas, las esperanzas, los valores, los compromisos, el respeto.

—Después de una experiencia de este tipo, es duro regresar a la existencia. Recuerdo la llamada portadora de la noticia; no podía ni quería creerlo. Parecía una pesadilla, un mal sueño, que nos alcanzara una tragedia cuando no era tiempo. Lo que debía estar reservado para el final de la vida, se adelantaba, sin aviso, sin presentimiento, sin preparación para entenderlo. Me quedé fría, con un fuerte dolor en el pecho; creí que no lo podría soportar, que me iría con mi hermano hacia el cementerio. Lo soporté por causa de mi madre, que lo llevó en sus entrañas, y necesitaba de mi apoyo, mis esfuerzos, mi dolor a su lado para compartirlo como nuestro. El mal de muchos no es consuelo de tontos; permite convertir en nuestro lo que era de uno solo; así se lleva mejor el sufrimiento, cuando se sabe que otros lo sienten de veras, hasta la médula; entonces parece doler menos cuando son muchas conciencias las que lo sobrellevan.

Belén hablaba para sí, con la vista fija en el horizonte, donde mar y cielo se besan, se acercan y parecen compartir los enigmas que el agua profunda conserva y que las nubes se llevan.

Yo era espectador de su soliloquio mientras me daba cuenta de que no era mujer de juegos, de embustes, de engañosas seducciones, sino que esperaba mucho de un amigo, un vecino, una pareja y, quizá, no necesitaba otra compañía que la que yo le daba compartiendo una mesa cerca de la orilla, una taza de café con una galleta y la certeza de que comprendía su lamento y que, conforme abría su corazón, una sensación de temor reverente se adueñaba de mí y comprobaba, como Séneca, la existencia de un alma sagrada dentro del cuerpo que la albergaba.

Caminamos de regreso, ella hacia casa de sus padres, yo para recoger a Jairo y llevarlo al partido de baloncesto. Nos despedimos en el ascensor, apreté sus manos y le di un tímido beso en sus labios cerrados. No se molestó. Devolvió su afecto a través de un abrazo.

—¿Te parece bien que nos veamos el sábado de la semana entrante? —se adelantó, para realizar una propuesta de continuidad que despertó en mí una cierta complacencia que me convencía de que mi compañía le era grata.

—Este sábado no puedo, tenemos un homenaje a compañeros que se jubilan. El siguiente, si te parece bien.

—De acuerdo, llamaré a tu puerta el sábado por la mañana.

Pude percibir dentro de mí una extraña sensación. El natural deseo que despierta una bella mujer por acceder al permiso de tocar su cuerpo, besar sus labios, recibir sus caricias, sentir la proximidad de su calor humano, escuchar sus palabras, saberse querido, deseado, dirigirse hacia el tálamo aceptado, dichoso, fundidos en un abrazo, convive con objeciones, por el temor de no ser el adecuado, de dar la talla como la persona que precisa y que merece para acompañarla en los momentos buenos, en los momentos malos, alegrarle la vida, descubrir sus capacidades, gozarme con sus logros, dolerme con sus males; dudaba de que yo fuera capaz de superar este trance, de quererla como merece ser querida y disfrutar de su existencia, de que la vida haya gestado su vida y me hubiera salido al encuentro un viernes tarde en el rellano del edificio donde vivo alquilado. Como depuse toda estrategia para conquistarla, para tejer una madeja de confusión y falsedades, de excesos del lenguaje, que pretende hacer creer lo improbable, fascinar con la imagen, convencer con sortilegios de lástima y brillos insustanciales, para que el corazón decida y se entregue sin condicionantes, y luego salga herido, porque el ser humano nunca está a la altura de sus vanas palabras, y no es más que un reflejo distorsionado de lo que quiere parecer y, engañando, engañarse.

Preferí no alimentar expectativas, sueños de solitario, realizar con ella lo que con Elena había fracasado. Y está Jairo, a mi lado, con necesidad de ser aceptado, valorado, querido, respetado. Le impondría otra compañía, desafíos para los que no estaba preparado ni podía prepararse en la escuela de la vida, donde los cursos se aprueban durante largos períodos de aprendizaje y, a veces, se obliga a acelerar el paso, adaptarse, pasar por el aro de la voluntad de los padres.

Cuando aparece el hijo, el narcisismo debe deponer su privilegio constante y dar paso a la entrega responsable, a ser para otro, silenciando las voces de la vanidad y del impulso para afirmarse.

Las vidas no valen lo mismo, no son iguales; las de los niños son más importantes, porque son más débiles, más ingenuas, manipulables, frágiles, requieren que los adultos las cuiden, nieguen parte de sí mismos, que con la que les sobra tienen bastante, y den prioridad a la generación que nace, porque a un niño le queda toda la vida por delante y a un adulto tan solo una parte.

VI

Revisé mi agenda para los días siguientes: cita con don Jesús Martínez Fraile y, después, el mismo día por la tarde, con don Francisco Alcalde González, los dos amigos más próximos, más íntimos, según los padres.

Las relaciones de amistad en los sumarios son ambivalentes. Las hay sinceras, mediadas por los mejores valores de la ética; los que buscan con los otros la vida buena y hacer de las instituciones que las albergan ámbitos de justicia y de convivencia. Esa conspiración gloriosa, que, para Abeille, evita que el amor se asfixie en la mezquindad y vanos sentimientos. Otras son perniciosas, vínculos malvados que ocultan desprecio bajo la apariencia de hermanos. La amistad puede ser origen de lealtades y aprecios entrañables; también de envidias, celos, impulsos de control, de impedimento de los cambios que el amigo teme, porque la vida diverge y la amistad se pierde o se aplaza y los lazos aparentes son incapaces para sostener los nuevos pareceres, costumbres adquiridas, deseos que afloran o que se tenían por inexistentes.

Proust sostenía que la amistad se esfuerza en hacernos sacrificar la única parte real e incomunicable de nosotros mismos a un yo superficial, que no encuentra alegría en sí mismo, sino que depende de un enternecimiento confuso para sentirse sostenido por puntales externos, porque los interiores son débiles e inseguros. Sin embargo, reconoce que los que denigran de la amistad pueden, sin ilusiones y no sin remordimientos, ser los mejores amigos que se puedan hallar.

No sabía con qué tipo de amigos me iba a encontrar, si me despertarían sospechas para investigar si hubo colaboración en lo ocurrido, abandono de Gabriel cuando se precipitaba hacia un deslizadero mortal, ignorancia del daño fortuito al que se entregaron juntos o que conocían que jugaba con otros. Si sabían de otras amistades reservadas para ciertas conductas. Amistades que se conservan en la agenda oculta para utilizarlas cuando la pasión llama a la puerta y el deseo se apodera de toda la voluntad, rebasa las fronteras de la moral y del propio cuidado. La carencia de otro, el vacío de otro como suplidor de una necesidad, es el factor dinámico de la amistad o de las malas compañías que también se suelen tener como camaradería.

Sin embargo, Aristóteles sostenía que, para ser considerada como amistad, una relación debe participar de dos características esenciales: la buena voluntad, que desea el bien del amigo, y los hechos que la confirman, la beneficencia. Después, se añadió una tercera, más comprometida, más sujeta a traiciones, la confianza, que da lugar a las complicidades, las confidencias, los hechos ocultos, las vergüenzas compartidas, las transgresiones secretas. La indagación de la confianza proporciona las guías de la investigación, destapa lo que no era manifiesto en los informes, pone cara humana a las circunstancias, acompaña las incertidumbres y da sentido racional a la muerte.

Jesús Martínez Fraile, propietario con otro socio de un próspero negocio de alquiler de automóviles, situado a la entrada del aeropuerto, sembrado de vehículos disponibles para los visitantes. El turismo genera actividades colaterales. Esta es una de ellas. Se invierte en vehículos, en su mantenimiento, los seguros y el combustible. Observo mucha actividad en la empresa.

—Don Jesús, si es tan amable. Soy el inspector Camacho. Mi compañera, la oficial Zamora, concertó nuestro encuentro. Podemos reunirnos donde usted lo crea conveniente.

—Buenos días, he venido expresamente para atenderlo, inspector. El negocio lo llevan mis empleados; yo intervengo en los acuerdos con las compañías aéreas, las agencias de viaje, los seguros, usted sabe, con todos los que en un momento dado requieran de un vehículo para sus clientes. Venga conmigo, nos reuniremos en un despacho.

Llama en voz alta a un joven uniformado, con una tableta en la mano desde la que realiza los contratos:

—Víctor, ábreme el despacho, que tengo que ocuparlo durante unos minutos con este caballero.

Víctor se apresura; deja todo de lado, a unos clientes esperando, porque el jefe lo ha llamado. Su nerviosa premura me hace pensar en las características del contrato, en la relación laboral, si hay respeto y acuerdos de trabajo, o temor por perderlo, quedarse parado, explotación subrepticia u otros maltratos, que en el sexo y en el trabajo todavía existen los esclavos.

—Por supuesto, don Jesús, lo atiendo de inmediato —habla voz en alto con acento argentino o, tal vez, uruguayo— Ahora mismito se lo abro. Sígame, señor.

Pensaría que me movía interés por un negocio, que me encontraba a nivel de un empresario. Es posible que su sueño fuera alcanzar una mejor posición, dejar de ser inmigrante y proletario, venir al trabajo en bicicleta, pedaleando, pegadito a la derecha, sintiendo el aire como un vacío a su costado cuando lo adelanta un autobús o una camioneta de reparto, llegar sudoroso, con el tiempo ajustado, comer un bocadillo traído desde la casa y una cola de marca blanca edulcorada con ciclamato.

Después, de noche, con las luces encendidas por la dinamo, medio a ciegas, acercarse en la bicicleta, con viento, lluvia o barro, hasta su vivienda, donde lo espera un dormitorio, un anaquel del frigorífico, compartido el cuarto de baño, un saludo con los compañeros, una llamada a la familia, el disimulo de que todo va bárbaro y la esperanza de que, dentro de unos años, no habrá que disimularlo, sino que los objetivos se habrán cumplido como era lo soñado. Montará su negocio de *pizzas,* empanadillas y helados, tirará para España de su hermana y de su hermano.

Dentro de unos meses, pudiera ser dentro de unos años, no temblará ante el jefe ni se ofuscará con el encargado; podrá vivir tranquilo, dispondrá de lo necesario. Entonces se verá cómo trata a los empleados, si el presente es un aprendizaje para corregir los abusos o si será ejemplo para reproducir los mismos gestos de maltrato. Si la experiencia ha servido para reproducirla o para rechazarla y abrir nuevos caminos en las relaciones de trabajo.

—Bueno, aquí me tiene, inspector. Me imagino que querrá preguntarme sobre la muerte de Gabriel; era mi amigo, casi un hermano. Solo puedo decirle, sin temor a adelantarme, que me ha dolido perderlo. Me acuerdo de él a cada instante, no esperaba este desenlace, teníamos planes juntos para realizar un viaje, y ahora, todo ha quedado sin sentido, destruido, sin ánimo para nada.

—Lo siento, señor Martínez, no quiero importunarlo ni remover sentimientos desagradables. Quiero preguntarle si sabe algo sobre lo que su amigo Gabriel pensaba realizar esa tarde, si le dijo que iba con alguien, si tenía algo planeado, o si lo vio extraño, referir algo desacostumbrado, algo que a usted le preocupara.

—Nos hablamos por la mañana. De lo que estoy seguro es de que no tenía planeado un suicidio, porque estaba alegre como siempre; quedamos para comer el día siguiente para planificar nuestro viaje. Esa tarde descansaría de los negocios en los que estaba involucrado, un asunto con extranjeros en Almería, un fondo millonario, que exigen mucho y quieren sacar buena tajada. Mencionó que tuvo un desencuentro con su primo Fernando, que parecía tener el negocio claro, hacía caso omiso de sus recomendaciones y quería firmar el contrato. Me dijo que escenificaron un pequeño espectáculo en un restaurante de Almería, que llevaban una semana sin hablarse, porque el disgusto fue grande. Pero no estaba muy afectado; pensaba que las aguas volverían a su cauce. Preparaba un informe negativo para el consejo de administración, que tiene la última palabra. Parece que el fondo dejó agujeros financieros en otras ciudades y quería recuperar capital con la promoción de Almería, reducir los gastos del acondicionamiento de los inmuebles que pretendían adquirir y que la constructora Centeno se encargaría de realizar. A Gabriel el presupuesto le parecía insostenible, mientras que, para Fernando, era un medio de resarcirse de otras inversiones que provocaron pérdidas sustanciales.

—¿Cree que don Gabriel estuvo esa tarde acompañado? ¿Le dijo algo al respecto?

—Más bien pienso que estuvo solo, que prefería pasar la tarde a su ritmo, con música y lectura. Yo tenía planes y no me ofrecí a acompañarlo.

—¿Qué planes?

—Salida con la chica que estoy conociendo. Estuvimos en un *pub* toda la tarde; después me quedé en su casa para pasar la noche. Ella puede confirmarlo, le paso sus datos.

—¿Conocía amistades o compañías de Gabriel aparte de las habituales?

—Sé que mantenía relaciones con otros grupos en los que yo no participaba. Es normal; yo también tengo círculos de personas ajenas a Gabriel. Cuando estábamos juntos, las personas que nos acompañaban eran los amigos de siempre del colegio y de la cofradía, personas buenas y respetables. Fuera de este ámbito, Gabriel era independiente de mí. Con Paco Alcalde tenía sus salidas especiales, que mantenía un poco en secreto, al margen de los demás. Él podrá darle más información sobre ese asunto; yo lo desconozco; no me meto donde no me llaman.

—¿Algo extraño sospechaba?

—Más que por Gabriel, por Paco, que tiraba de él y lo sacaba del grupo para hacer planes juntos sin contar con los demás, como si nuestra amistad le molestara. Pero eso pasa con algunas personas, que quieren acaparar a otras. Como mi amistad con Gabriel no se resentía, lo tomé como algo normal. Yo también tengo amigos con los que juego al pádel o salgo de senderismo mientras que con otros planeo otras actividades.

—Entiendo, don Jesús. Gracias por recibirme y por la información proporcionada. Seguiré con las entrevistas. Puede que me comunique de nuevo con usted.

—Las veces que necesite, estoy a su disposición. Solo tiene que llamarme.

En pie, extendió su mano. Me pareció genuino, que no guardaba información privilegiada, que toda malicia la proyectaba en el negocio, para obtener mayores rendimientos a costa de reducir los gastos. Por lo demás, lo veía plano, perdido en las posibilidades que el dinero abundante ofrece, consumidor de la exterioridad, de lo que se le oferta para su deleite, incluso el baño de piedad durante la Semana Santa, que regocija el alma cuando la conmueve como una sensación más para experimentar, sin trascendencia ni religiosidad comprometida ni creencias en el más allá ni conocimiento de Dios ni interés por los textos sagrados, acaso una religiosidad primitiva que se regocija en la imagen venerada, en su celebración, sin someterse a ninguna ética posterior ni a un doctrinario control del pensamiento.

Almorcé un menú en un restaurante del polígono empresarial cercano, repleto de naves de surtido variado: talleres de mecánica, almacenes de mobiliario, pinturas para fachadas, depósitos asiáticos y mucha gente, cargando, descargando, el pelo despeinado, los monos de trabajo desgastados, pantalones anchos mostrando la raja entre los glúteos de los obreros agachados.

Aproveché para repasar notas y realizar un mapa de relaciones familiares y de amistades con sus vínculos y posibles conflictos. Señalé zonas de enigma, agujeros negros, en los que el temor y la angustia son tan intensos que no permiten que salga la información y retienen todo en el oscuro fondo de su miedo.

Llamé al señor Francisco Alcalde para concertar la siguiente entrevista. Por las averiguaciones previas que Alicia me facilitó, supe que regentaba un comercio de artículos para el hogar: sábanas, colchas, toallas, albornoces, mantelerías, cortinas, toda una gama de cosas necesarias para hacer la vida más cómoda y la vivienda más acogedora. La lucha comercial en el sector es caníbal, asimétrica. Con las grandes firmas multinacionales, el negocio pasa por dificultades crónicas y sobrevive sobre la base de la clientela fiel y algunos contratos puntuales que Gabriel le pasaba para revestir y dotar un hotel o un restaurante. A la amistad se le puede añadir un agradecimiento acompañado de una molesta dependencia. Morder la mano que alimenta no es una actitud consecuente; gratificarla, complacerla, cuadra mejor con la lógica interesada de las relaciones humanas. Contestó el teléfono al primer intento. Tal vez esperaba con ansiedad la llamada de un cliente o la recepción de una partida de género pendiente. Mi presentación le causó una decepción: cambiaba la buena expectación por el desagrado de un interrogatorio con un extraño interesado en establecer conexiones entre la muerte del amigo y sus actividades. Su voz cambió; tomó un tono serio, pausado, medía las palabras, lacónico, desconfiado.

—Señor Alcalde, soy el inspector Camacho, responsable de obtener datos sobre el fallecimiento inesperado de su amigo, el señor Gabriel Jiménez Centeno. Le pregunto si esta tarde podría entrevistarlo en persona. Es importante lo que pueda comunicarnos. Puedo adaptarme a sus horarios; sé que tiene una tienda y puede estar ocupado.

—Sí, no hay problema. Venga a mi establecimiento a las seis y media; dejaré a la dependienta al cargo y podemos acercarnos al bar de la esquina a tomar un café. Calle Especerías, número diez.

—Gracias por su colaboración, allí estaré.

Todo encuentro, más aún los obligados, o los que contienen un tema molesto para alguna de las partes o para las dos, que lo viven como comprometido, delicado, del que se puede salir mal parado, está precedido por un sondeo inevitable de los participantes: un proceso de clasificación, de ubicación de la persona dentro de una entidad que satisfaga la necesidad de rellenar los interrogantes, que confiera la seguridad que permita una relación de simetría inicial que después podrá derivar hacia diferentes posiciones, de dominio, de entrega, de rechazo, de suspicacia o de confianza.

Los primeros datos que utilizamos para clasificar al interlocutor los extraemos de su aspecto exterior, su atuendo, la distribución de su pelo, el estado de la dentadura, el cuidado de las uñas, el aroma de su cuerpo. Después, añadimos la selección de las palabras, el tiempo de los verbos, el sonido de la voz, los espacios de silencio, el olor del aliento, los gestos de las manos, los vaivenes del cuerpo, el vuelo de la mirada, inquieta o fija cuando habla, las lágrimas cuando aparecen, si son sentidas o respaldo sentimental para los argumentos. Todo esto, y más, lo realizamos en breves momentos, como un prejuicio, como una protección, porque no sabemos quién nos escucha, sus intenciones, sus propósitos secretos, y preferimos iniciar las conversaciones precavidos, amparados en los prejuicios que aspiran a restringir la libertad mediante un severo juicio previo; que siempre habrá tiempo para desentendernos y arrojarlos paso a paso al estercolero.

Desde lejos, a través del escaparate, contemplé al señor Alcalde, bien vestido, delgado, moreno por exposición al sol durante los meses de verano, también los de invierno, tez de cuero; daba órdenes a sus colaboradoras en el desempeño de la atención al público y la colocación de la mercancía recién recibida en las estanterías dispuestas en todo el perímetro de la tienda.

Me descubrió antes de que entrara. Se apresuró a salir a mi encuentro, gesto que interpreté como el deseo de mantener preservada mi visita de comentarios improcedentes, que acaban en interpretaciones malintencionadas por parte de la gente. Recogió de un cajón las gafas de sol con las que cubrió sus ojos, gesto de protección, más que de la luz, de la impertinencia de la mirada que habla cuando la boca calla. Parece que deseaba que algo no se le notara, que los ojos no lo delataran: sentimientos, culpas, reproches que podían aparecer cuando yo lo confrontara. Sus gestos estaban acostumbrados a un amaneramiento femenino que también influía en el habla y en su estilo de caminar, una afectación refinada. Colgaba sobre su pecho una medalla de plata y un escapulario de su devoción por una advocación mariana. Silencié mis prejuicios, que pretendían saberlo todo cuando aún no saben nada; muestra de la arrogancia que precede a los encuentros, o también del terror que nos produce el prójimo, que puede relegarnos a lo inacabado sin valor.

—Gracias por recibirme, señor Alcalde. Siento distraerlo por un momento de sus responsabilidades; no tardaremos.

—No se preocupe. El asunto es muy triste para mí. Gabriel y yo manteníamos una amistad desde el instituto. Me resulta extraño que ya no esté, que se haya marchado. Y que, ahora, venga la Policía me preocupa como si su muerte escondiera un mal misterio. Me desvelo, se lo aseguro.

—¿Qué le preocupa?

—Que su muerte no haya sido natural, algo del corazón que, a veces, da también a gente joven, sino que fue provocada por él o por otra persona. No sé.

—¿Conoce usted algo sobre su amigo que pueda ser de utilidad para esclarecer lo que a todos, usted incluido, nos preocupa?

—Se lo digo como si fuera mi confesor. Ya lo habrá notado, no lo oculto; soy homosexual, salí del armario hace tiempo, cuando el ambiente era más adverso y había que ser valiente. Ahora parece más fácil, pero no hay que fiarse de las apariencias, porque los mensajes de siglos no desaparecen en unas cuantas décadas; siguen activos en las conciencias. El lenguaje continúa siendo propiedad masculina y, tras él, viene la discriminación y la violencia. Gabriel les daba a los dos palos. Me explico: pasaba de las chicas a los chicos dependiendo de las emociones que se removieran en su interior. Cuando predominaba la necesidad o el gusto por complacer los principios familiares, por no dar la nota ni provocar decepciones a los padres, se comportaba como un chico cualquiera; se echaba una medio novieta que le duraba unas semanas; después, con la misión cumplida, el entorno tranquilo, me buscaba para que yo lo introdujera de forma discreta en el ambiente gay. Conoció a buenos amigos, tuvo sus asuntos intermitentes; con el tiempo se independizó de mí para contactar con amantes; aunque compartíamos amistades, coincidíamos en celebraciones, nunca dejamos de vernos para pasar buenos ratos. Viajaba con frecuencia a Londres, donde vivía un muchacho del que estaba enamorado, la relación más estable. Yo lo animaba a que no fuera de flor en flor, que fuera valiente y declarara su identidad, que ahora el ambiente era más propicio a la aceptación, al respeto, que confiara en el amor de sus padres, que después de la sorpresa acabarían por resignarse y, si lo veían feliz con una buena pareja, aprobarían sus decisiones como aprobaron las de su hermana.

—¿Decisiones de su hermana?

—Sí, el divorcio de Magdalena, que, para su mentalidad conservadora, opuesta a la separación de las parejas, supuso una dificultad. Pero son buenas personas, buenos cristianos, en los que el amor vence a ciertas normas que la Iglesia se empeña en mantener vigentes. Yo soy creyente, voy a misa, hermano de cofradía, pero me veo relegado en muchas ocasiones. Se tienen mis sentimientos como desviados, mis formas como inadecuadas; con disimulo, no me dejan participar en actividades públicas, se avergüenzan de mí, lo tengo claro. Esto me duele, pero no quiero renunciar a lo que soy ni a lo que creo. No renuncio a mis deseos ni a mis intereses. Espero paciente a que cambien ciertos preceptos y dejen de esconder a curas pederastas y a monjas tiranas, y permitan la visibilidad de la diversidad sexual de creyentes sinceros que nos presentamos como somos, sin máscara.

La declaración de principios de este Francisco Alcalde me resultó interesante, conmovedora por instantes, porque se le escapaba por la boca una historia de burla, discriminación, imposición de la identidad, vivida en la propia carne, en forma de dolor, de enojo, de reivindicación de deudas pendientes. Tipo valiente este Francisco, que parece no renunciar a nada y esperarlo todo. Sin embargo, mientras la religión siga mirando a los libros fundacionales como textos sagrados, incuestionables, permanentes, con verdades inmutables, y de ellos deriven sus preceptos, decretos, amenazas e identidades, les ocurrirá como a don Quijote, que organizaba su mundo a partir de los libros de caballería; aceptaba la existencia de gigantes, nigromantes, moros malignos, pócimas mágicas, mientras que pensaba de sí mismo como un caballero andante, hasta que, a fuerza de desencantos y de palos, recuperó la razón: la realidad se impone, los sueños, sueños son y las novelas, mera imaginación. El texto no explica la realidad que excede a la diminuta naturaleza de lo revelado y a la improcedente aplicación de los valores que defiende como absolutos cuando son parciales y transitorios.

—De las amistades mencionadas por usted, ¿alguna, por algún motivo, le llamaba la atención, le preocupaba?

—¿A mí?

—Sí, a usted.

—Siempre existen en este ambiente como en cualquier otro personas con malas intenciones, chicos en busca de dinero, falsas amistades complacientes. Sé que Gabriel alguna mala experiencia tuvo, pero no sabría decirle la persona exacta, porque ese tipo de sujetos es cambiante; no permanece estable para evitar que lo conozcan y la gente esté precavida, pero alguno puedo indicarle. Si bien no dispongo de sus datos, conozco el lugar al que suele acudir a echar sus redes. Si lo desea, lo acompaño.

Acepté su colaboración. Quedamos en vernos un viernes tarde, justo cuando cierran los cines y abren las discotecas.

Es una grave limitación conocer a alguien por lo que se recoge de las opiniones ajenas, que no suelen ser útiles para reconstruir un rompecabezas que componga un resultado fiable, una figura aproximada a lo que la persona pensaba, sentía, soñaba. Los matices se escapan. Son los que permiten deducir un individuo a partir de la suma de lo que otros dicen, de lo que otros hablan; solo puede aportarlos la persona en vida, o si ha dejado confesiones íntimas en un diario, en cartas, en mensajes escritos, que después sirvan para reconstruir una historia, una identidad narrada.

VII

—Mi hermano, inspector, era una persona en conflicto consigo misma. Dicho de un modo más preciso, en tensiones de conciencia entre el deseo, la tendencia con la que se expresa, la conducta que lo alivia, si lo prefiere, y las exigencias debidas a su lugar de nacimiento, al puesto que ocupaba, a las tradiciones identitarias de la familia que definen la pertenencia y que, de un modo taimado, tácito, amenazan con alguna forma de exclusión, de rechazo, si se transgreden. No es necesario pertenecer a una familia acomodada o prestigiosa para que estas pretensiones existan. Es posible que sean más intensas que las que afectan a una familia humilde o perdida en el anonimato social, pero también están activas, si bien silentes, y ejercen la obligación de responder a una lealtad de grupo, a vínculos fuertes, misteriosos a veces. Tal vez se debatía en una lucha entre la identidad impuesta y la que sentía como más auténtica o completa. No son ámbitos por completo enfrentados, sino complementarios, salvo en un aspecto determinante: la vivencia sobre el sexo, el que sentía como propio, genuino, y los impulsos sobre el objeto deseado.

—¿Tenían la suficiente confianza, el grado necesario de complicidad para hablarlo entre hermanos?

Magdalena, pensativa, parece que se esfuerza en rememorar encuentros con su hermano, desde pequeños en los juegos, más tarde las salidas juntos para saltarse los horarios y mantener a los padres engañados, la confesión del primer beso, el aburrimiento durante las misas y las primeras confesiones que la extrañaban: el primer chico que lo atrajo, cómo notó el pubis excitado, la novia que se echó para tranquilizar los ánimos, el sexo entre hombres que le resultaba extraño, inasumible para la educación que recibió en colegios de monjas y retiros en el seminario. Nuestras respuestas automáticas dan cuenta del contenido y el poder de los prejuicios en los que fuimos educados. La educación conservadora se ocupa poco del pensamiento crítico, de la duda metódica, de formular impugnaciones a lo que se tiene por verdadero. En su lugar, se afana por consolidar los prejuicios en la conciencia del alumnado; procura que las creencias tengan apariencia de conocimiento contrastado. Incluso en las personas con mentalidad de progreso en sus expresiones conscientes, el prejuicio opera en lo más íntimo, quizá en lo inconsciente, mediante rasgos autoritarios, policiales, supervisores de la moral, rigurosos jueces en lo que se convierten para, desde esta nueva posición, justificar decisiones reaccionarias, las que clasifican a la gente para encerrarlas en las mazmorras del descrédito.

—No sabía qué hacer, qué decir. Si mi hermano necesitaba una ayuda, un socorro, porque estaba atrapado en manos de chicos corruptos. En una ocasión, cuando me describió el coito, me entraron palpitaciones; quise censurarlo, dejar de ser su confidente, abandonarlo. Entonces, avergonzado, dolorido, llorando, me dijo: «Yo sé que no deberíamos existir, pero existimos».

Detuvo su relato. La expresión de Gabriel removió emociones, quizá también la impotencia ante el trato injusto, arbitrario, que recibía su hermano, que lo llevó a dudar del derecho a la existencia al mismo tiempo que la afirmaba, pero desde una posición lastimada, herida, agónica, como el Cristo de la cofradía que procesionaba en marzo, que para él adquiriría un particular significado. Magdalena continúa sin mis interrupciones. Estaba ante la mejor exposición para configurar un retrato acertado de Gabriel, comprenderlo, respetarlo, encontrar el ánimo necesario para seguir con la investigación y reclamar justicia si alguien lo había dañado, y aproximarme a él antes de que la muerte lo mirara con ímpetu impúdico, sórdido y devastador.

—Expresión profunda, Magdalena, digna de la reflexión sobre lo que hacemos con las personas que rechazamos por una idea, por una conducta que censuramos porque no la comprendemos ni estimamos, ni nos tomamos el tiempo para pensar desde la perspectiva del otro, el ajeno, el extraño. Pensar distinto parece hacernos daño, producir inseguridad, temor, vértigo hacia lo desconocido, temblor para enfrentarnos a los fundamentos de nuestras vidas que puedan zarandearse.

—Constato que me sigue, inspector, se lo agradezco, porque me sirve para organizar las reflexiones que hago en privado, que escribo para que no pasen de largo como una inspiración repentina que no deja rastro. Las guardo, las repaso; creo que es un deber que tengo hacia mi hermano dar respuesta a los comentarios, las descalificaciones, las afirmaciones sobre que esto le ha pasado porque él se lo ha buscado, que pretenden confirmar posiciones reaccionarias y convertir su sufrimiento en consecuencias del pecado.

—¿Las tiene escritas?

—Sí, pero, por el momento, son pensamientos aislados, que hay que conectarlos en una argumentación. No son para publicarlos. Los escribo para convencer a las personas de mi ámbito privado, que utilizan estos argumentos para descalificar a mi hermano, sin saber, sin haber pensado, cotejado o explorado los motivos que explican que alguien sea como es y que no responda a lo que algunos quieren que sea.

Me entregó un texto de página y media. Se lo agradecí y lo guardé en la cartera con cuidado, para revisarlo a solas, estudiar en mí la existencia de juicios precipitados, la ignorancia sobre lo que otros sienten, sobre sus pasiones, los destinos del amor, que alguien pudiera amar a otro hombre con deseo, sentirse atraído hacia el propio sexo, como a otros nos atrae el contrario. Pudiera tratarse de una superación de la misantropía que domina entre los varones, que nos mantiene distantes, exentos de muestras de afecto, de ternura, de reconocimiento, y nos empuja hacia la rivalidad, la envidia y la soledad. Renuncié a intentar definir con mis esfuerzos lo que era patrimonio de ellos: lo que son, lo que sienten, lo que experimentan, sin que nadie se apropie de sus voces, colonice sus pensamientos hacia una nueva forma de discriminación: la que dictamina desde afuera lo que se es por dentro. Después le pregunté:

—¿Qué piensa que le ocurrió a su hermano aquella noche? ¿Intuye o teme algo?

—Es posible que estuviera con alguien y los juegos eróticos se mezclaran con el uso de sustancias. Gabriel no consumía, al menos así lo aseguraba. No sé si su cuidado, sus precauciones cambiaban cuando intimaba con una amistad que llevara algo y lo convenciera para utilizarla de forma puntual, como quien nunca bebe y se toma una copa para complacer a los amigos y luego le sienta mal. No quiero, inspector, que se haga una idea errónea de mi hermano. Gabriel no era un hombre alocado, aturdido; al contrario, examinaba su vida, la juzgaba para que tuviera sentido y se encaminara por valores elevados.

—¿Ese posible amigo tiene rostro y nombre para usted?

—No creo que se trate de sus amigos estables, como Paco Alcalde, con el que no mantenía relaciones sexuales, sino una amistad sólida, de muchos años. Aunque juntos hacían sus correrías, Paco lo cuidaba, no se metía en temas oscuros con gente desconocida. Pienso que aquella noche estuvo con algún joven que busca pareja, conexiones, ganarse a una persona de posición para ser su amante y subir en la escala social a través de enamorar a un hombre maduro para realizar sus planes. Conozco la existencia de esos muchachos. Gabriel no me ocultaba que tuvo encuentros con alguno, algo pasajero. Creo que Paco podrá darle información más precisa.

—Tengo una cita pendiente con él para explorar el ambiente e intentar que nos den información que aclare el asunto.

Decidí no indagar más sobre el tema. Estaba todo, o casi todo, dicho; más información provenía de una curiosidad incorrecta, morbosa, innecesaria para dilucidar si fue muerte violenta o consecuencia imprevista, nefasta, de una circunstancia buscada como festiva, desatada en el deseo, gozada con fruición, con exceso, pero exploratoria de los cuerpos como los juegos prohibidos de los niños que juegan a los médicos y miran, tocan con caricias lo que les resulta ajeno, abismo de sensualidades que presumen sabrosas como la ambrosía de los dioses griegos.

Varié de tema con un comentario superficial sobre el libro que me prestó en su momento para establecer un nexo entre la investigación de una muerte y la indagación en la historia del pasado lejano a través de documentos, edificaciones derruidas, fragmentos de vasijas, monedas pulidas por el tiempo y, en ocasiones, un hallazgo afortunado como el tesoro votivo de Guarrazar, oculto durante tantos siglos, preservado de la ambición material y del conocimiento, y destapado por efecto de las tormentas caprichosas que lo sacaron de su reposo para exponerlo en las vitrinas de los museos.

—Estoy ocupado con el libro que me prestó. Es curiosa la congruencia: casi la totalidad de lo que conocemos sobre los godos nos viene contado por otros, no por ellos, como refiere la doctora Martínez Maza. Tácito, Jerónimo, Plinio, Amiano, Agustín, romanos todos ellos, Isidoro de Sevilla luego, describen sus costumbres, devociones, atuendos, aspecto, formulan definiciones sobre su comportamiento, su manera de ser, el curso tosco pero virtuoso de su pensamiento, pero ellos permanecen en silencio; nada nos han dicho sobre sus anhelos, sus miedos, sus sueños, sobre la forma de sentir el amor, el odio, el deseo. Ocurre lo mismo con las personas que han muerto; sabemos tan solo lo que otros nos cuentan, que incluso se atreven a poner en duda lo que el fallecido dijo en su momento, como si tuvieran una versión más exacta que la del propio sujeto. Existe una invasión, un borrado, la aniquilación final de los muertos en la voz abusiva de los vivos.

—Lo que percibe es correcto, inspector, la vida subjetiva se pierde para siempre; incluso la que se refugia en el poema, el relato, la canción, está sujeta a la interpretación de los vivos, que nos apropiamos de lo que no nos pertenece, que fue de otro, lo dejó escrito con la vana intención de perdurar en el tiempo; es posible que con la generosidad de legar algo bello, sabio, bueno, que será utilizado por otros seres para declarar el amor, redactar las leyes, justificar las guerras, inflar la vanidad. Lo que mi hermano pensó, disfrutó, temió o padeció durante la última tarde, la última noche, permanecerá en el misterio. Lo llevó consigo, no dejó señales para recorrer el sendero por el que anduvo solo; acaso durante un momento echó en falta una compañía con la que tener consuelo. Creo que lo que usted averigüe solo servirá para conformarnos nosotros si nada hubo violento, o de un nuevo tormento si se descubre maldad, impulso asesino en el hecho.

Sentí el peso de su desolación como una carga que me trasladaba para aligerarla de su pecho. Tenía el semblante serio. La primera parte de la conversación gravitaba sobre ella más que la segunda, que pareció no surtir efecto; no aportó el alivio deseado por variar el foco del encuentro.

No prolongué más mi estancia en su casa del Camino Viejo. Me puse en pie para despedirme y continuar mi trayecto, mis pesquisas, el desafío propuesto. Es más sencillo dar con un criminal de un asesinato evidente que discernir entre el mal y el bien, la voluntad y la imposición, el deseo y el exceso que permitieran alimentar la necesidad de conservar una memoria como víctima o como desvarío de un momento.

Magdalena se opuso a mi partida como si la soledad le pesara después de los recuerdos obligados, como si después de traer la imagen y las vivencias con su hermano, la dejara en compañía de la presencia fantasmal de Gabriel, que no aportaba los recuerdos de la infancia, los arrebatos de la juventud, la acogedora convivencia con los padres, sino una distancia insondable, la evidencia de la muerte, del irreversible acontecimiento que convertía en superfluas las intenciones, la necesidad de claridad, el argumento convincente para silenciar la murmuración, el cierre definitivo de la sepultura y la apertura del duelo. No le pareció que un libro tuviera suficiente poder para retenerme ni prolongar la conversación sobre los godos y los métodos de los historiadores.

Insistió en mostrarme el huerto, las hortensias florecidas, los limoneros cargados de frutos suculentos, la vereda de tierra que conduce a la alberca, y allí, contemplando las algas crecidas que verdecían las aguas estancadas y algunos renacuajos que se abrían paso por los senderos abiertos, se acercó para dejar en mis labios un beso cálido, prolongado en un abrazo sentido, arrobado, que quería calentar con mi cuerpo su pecho helado.

La abracé largo rato; acaricié su pelo, los hombros bajo la camisa de seda verde agua, hasta poder decirle que era necesario detenerse en este instante, no confundir sentimientos ni dar pasos inciertos, que la entendía y estimaba, pero que el vínculo que nos unía se desvanecería cuando el caso estuviera resuelto y ella volviera a su mundo y yo a la comisaría. Permaneció en silencio, me dio otro beso de despedida, esta vez en la mejilla, seguido de la palabra «gracias», sin saber qué agradecía, si mi compromiso en la investigación, si mi disposición para aprender de sus reflexiones y enseñanzas, o si por interpretar de modo correcto el momento del abrazo y de los besos como un fin en sí mismos, no la entrada para satisfacer otros deseos.

—Gracias, Magdalena. No olvidaré este encuentro. Me ha enseñado mucho sobre el respeto, el aprecio a las formas de vida, de amor, de consuelo, que desconocía. No olvidaré su abrazo ni su beso.

—Adiós, espero verlo de nuevo.

Sentí orgullo por mi reacción, lo confieso. No tuve que reprimir el impulso de hacerle el amor, de disfrutar con las caricias de su cuerpo desnudo, por sentirme aceptado, deseado, vigoroso, bello, porque ese ímpetu de coleccionista del sexo nunca nació. No desplazó a ese primer movimiento, sereno, solidario, que supo leer la necesidad de Magdalena para aquel momento, quizá mejor que ella, que podía estar más confundida por la soledad del duelo, que respondió a su carencia de consuelo, de afecto, con alguien que la entendió porque compartió sus sentimientos.

En casa, con la cena en la mesa compuesta a base de latas de conserva, pan de semillas y un refresco, música de cámara de fondo, las notas registradas en el cuaderno, extraje los folios escritos por Magdalena, los leí en dos ocasiones, me miré hacia dentro, reflexioné sobre las conductas, sobre el sufrimiento de tantas personas, sobre la agresividad que reside en el lenguaje, en las interjecciones soeces, las bromas varoniles, las complicidades secretas que en penumbra martirizan a estas personas, porque piensan y están convencidos de que sus logros son moda pasajera y todo volverá a su cauce: los machos arriba, con la imposición de su mísero argumento de musculatura y pene erecto; los maricas fuera para reírse de ellos en los espectáculos de farándula de las salas de fiesta de barrios prohibidos y miserables, cuando triunfe la ultraderecha y las cosas sean como siempre han sido y debían continuar siéndolo. Introduje el escrito en la carpeta del expediente. Pensé que era recomendable que el comisario, mis compañeras y compañeros lo conocieran y pensaran sobre lo que Magdalena piensa y dejó escrito en unas sencillas letras:

Los prejuicios son ideas valorativas previas no contrastadas con la realidad y que, sin embargo, aspiran a interpretarla correctamente y a actuar en consecuencia, siempre de forma irracional y, por tanto, peligrosa.

El primer prejuicio que enfrenta la persona sexualmente no convencional es su descripción como antinatural o aberrante. La constatación de que la diversidad de comportamientos sexuales, incluso los más abigarrados, está difundida por la naturaleza biológica nos hace desestimar este calificativo como correcto. Natural es toda la vida fuera del artificio intelectual y tecnológico humano, y engloba las variadas manifestaciones de la sexualidad vegetal, animal y humana.

El segundo prejuicio quiere remitir la diversidad sexual al ámbito de la patología biomédica y hasta hace pocos años así era. Sin embargo, la demostración de que las manifestaciones de sufrimiento y semiología mental estaban relacionadas con la represión y rechazo social de sus portadores y no con la diversidad misma condujo a retirar de los manuales de diagnóstico y clasificación de enfermedades los epígrafes nosológicos que estigmatizaban estos comportamientos.

El tercer prejuicio tiene que ver con la sentencia de inmoralidad para estas conductas relacionales. La inmoralidad de los actos no es intrínseca al acto, sino a las consecuencias nocivas que tienen para los otros. El mandamiento es posterior a la emergencia del daño, siempre tiene una dimensión de ordenación de las relaciones humanas y cualquier conducta puede ser moral o inmoral en la medida en que atente contra los derechos y dignidad de los demás. El ejercicio de la sexualidad solo es inmoral cuando violenta a otro y determina su humillación o explotación. Es más, cuando se aprueba el matrimonio entre personas del mismo sexo, el juez, el sacerdote o el pastor moraliza la relación cuando advierte los contenidos del compromiso en cuanto a respeto, cuidado y fidelidad. Lo mismo hace con las parejas de distinto sexo.

El cuarto prejuicio es el teológico. Todas las religiones condenan la diversidad sexual. Para ser más exactos, esta condena es previa al surgimiento de la teología o reflexiones en torno al carácter y voluntad de Dios. Cuando el desarrollo de la religiosidad humana toma forma antropomórfica, pasando del culto a las fuerzas naturales y animales a deidades de configuración humana, coincide con el nacimiento del período patriarcal para el que un hijo homosexual era el mayor riesgo de cercenar su continuidad en la descendencia. Parece que este es el motivo esencial para que la primera prohibición escrita que regule conductas sexuales sea la que condena la homosexualidad masculina sin detenerse en otros comportamientos como la violación y la prostitución. La teología sobre los comportamientos sexuales está en revisión, ya que aceptar para estas personas la dimensión espiritual de su trascendencia solamente sobre la base de su celibato no ha servido de mucho a todas las confesiones y ha dejado fuera de la comunión a numerosos creyentes.

VIII

En mi experiencia, antes se asesina por dinero, para arrebatar bienes materiales, que por objeciones morales, aunque estas pueden proveer el permiso e infundir la ira salvaje para dar el paso, para enmascarar la ambición, la codicia, la envidia que carcome el alma y decide la muerte ajena para descansar de su martirio, para alentar a la conciencia hacia un juicio adverso para la víctima, a la condena de la pena capital y hacia la ejecución final para ajustar las cuentas ante un sombrío tribunal.

De esta forma opera el fascismo la solución final, las purgas del totalitarismo, las limpiezas étnicas, los genocidios, el proceder de los tiranos y, unido a ellos en una dimensión minúscula pero simétrica, el asesinato individual, que decide que es necesario para aplacar el repudio y obtener los beneficios, la muerte del sujeto designado, señalado para la expiación, en quien se niega el valor personal, sus destrezas y capacidades, los derechos humanos que se sustituyen por la caricatura deforme que impone lo que se quiere pensar sobre él, silenciando quién es.

Analizo quién podría estar interesado en la muerte de Gabriel, quién hizo de él un enemigo y después borró su condición de persona hasta convertirlo en objeto o en un ser vivo sin importancia, como un insecto o una bacteria causa de enfermedad. ¿A quién beneficiaría su desaparición en términos económicos? ¿Para quién su muerte era el camino sin oposición para un pequeño robo? ¿Quién descansaría con su muerte para no dar explicaciones sobre lo que se sabía sobre sus gustos del

JOSÉ RAMÓN BOXÓ CIFUENTES

sexo, las contradicciones con el estandarte de la familia, los mitos de la cofradía y la conducta privada en las habitaciones de los hoteles de Londres con los novios ardientes o en el piso de la calle Alcazabilla?

Fernando Centeno parece reunir varias de las condiciones. Rivalizaba con Gabriel por la influencia en el consejo de administración; se enfrentaron por la conveniencia del negocio con los fondos de inversión venidos del extranjero. Algo de ladina censura percibí en sus afirmaciones morales que elevaban su virtud y hundían la de su primo sin mencionar su nombre, que, conforme conocía a los miembros de la familia, encajaba en el molde de reprobación que el señor Centeno configuraba con sus palabras.

Por eso, nunca hay que olvidar lo que se escuchó un día y no se comprendió, o se pensó que eran palabras vanas, sin significado, de relleno en una conversación, para inflar la vanidad, elevar los criterios del que habla para que el interlocutor se sienta pequeño, guarde silencio y dé por válido lo que afirma quien ocupa la mayor parte del tiempo con sus aseveraciones, opiniones y sentencias soberbias.

No obstante, su engreimiento, no hay que olvidar que quien controla la comunicación es quien escucha, lee las intenciones que se agitan bajo las oraciones, memoriza los excesos del lenguaje que más tarde pondrán de manifiesto su sentido, cuando nuevas informaciones modifiquen aserciones, cambien los significados, provean nombre y figura a quien se refirió sin nombrarlo y desvelen lo velado.

Gabriel era la persona diana de su censura, a quien con seguridad despreciaba por su homosexualidad, pero envidiaba por sus capacidades y por su libertad, porque preservaba parcelas en las que era quien quería ser sin las obligaciones de las apariencias. Era él tanto en el análisis financiero, en las cenas cofrades, en el amor por su hermana y sus padres, como en la compañía de las amistades. No permitió que su carácter se hiciera rígido, igual en todas partes, sino que permitía expresar distintas facetas en diferentes lugares y, a partir de ellas, recomponer su imagen, plural, emotiva, sincera, con las contradicciones debidas por el lugar de su nacimiento. Apretaría al señor Centeno para aclarar las sospechas. También era perentorio entrevistar a los posibles acompañantes de aquella noche. Lo más probable es que no estuviera solo, que alguien conociera qué ocurrió, quién le proveyó la droga, las pastillas, con quién compartió las pasiones y habilidades secretas.

Subí al metro en la parada La Luz-La Paz, que una voz sin rostro anunciaba. Durante el trayecto acompañaba a personas anónimas en las que imaginaba historias según los rasgos de sus caras, de la posición de las manos, de las palabras que captaba al vuelo cuando hablaban con el acompañante o por el teléfono, cuya voz también viajaba en ese metro, sin saberlo, a velocidad de crucero, mientras la voz en origen está sentada en algún asiento o camina por las calles sin rumbo cierto o todavía entre sábanas sacude el último sueño. Hice el transbordo en María Zambrano hasta Barbarela. Desde allí, a pie, influido por el aroma de los desayunos de las cafeterías llenas de gente, hasta la comisaría. Soplaba una brisa cálida con olor a las algas marinas. Despierta otras emociones guardadas en el alma, que la convivencia en discordia permanente mantiene reservadas como impropias, imaginadas, silenciadas por la terrible afirmación de Hobbes sobre la vida humana: solitaria, pobre, tosca, embrutecida y breve, que parece que se impone con toda su crudeza. Esta brisa suave como una caricia de las manos de mi madre cuando era pequeño e ignoraba la parte oscura de la naturaleza humana, como las caricias de Elena cuando me amaba, como las de Jairo cuando su manita de bebé exploraba mi cara, como la mano de Belén cuando peinó mi cabello a la orilla de la playa, o como el beso de Magdalena, sereno y dulce, en el borde de la alberca sembrada de algas, me convencía de que todavía hay esperanza, que un nuevo amanecer en calma pueda aparecer tras las sombras del alba y se pueda vivir en paz sin temor a la muerte violenta, sin necesidad de cerrar con llave las puertas de la casa ni las arcas del dinero, porque la desconfianza hacia el vecino, los hijos, las criadas, el prójimo, el lejano, descansa en paz sin necesidad de un temor mayor que someta bajo su poder a los otros miedos posibles que nos acompañan. Terror para apaciguar el miedo; si quieres la paz, prepara la guerra; la mejor defensa es un buen ataque; piensa mal y acertarás. Son las consignas ciertas.

Mi despacho tenía la puerta abierta. Alicia dejó sobre mi mesa el informe solicitado a la comisaría de Almería sobre el almuerzo que los primos compartieron en el restaurante Rincón de la Bahía, para valorar el grado de tensión que se produjo entre ellos. Si algún miembro del personal recordaba lo que se dijeron, quién se fue primero, quién abonó la cuenta, si hubo una explicación a los que oyeron, porque mucha gente gusta de exculparse delante de los observadores del acontecimiento para intentar gobernar sobre lo que piensan o las conclusiones que sacan sobre la escena que los avergüenza: la lucha por el dominio de la memoria ajena es implacable, angustiosa, porque vivimos de la imagen que damos, grabada en las conexiones de las neuronas, en desconocidos almacenes de recuerdos activos, que regresan a las conversaciones, a las críticas, los prejuicios, las dolorosas sentencias que paralizan a las personas en un momento del tiempo, con el mismo gesto, la misma naturaleza que se expresó en el acto registrado y que permite el aparente control de los sujetos calificados en compartimentos fijos a nuestra disposición.

Al lado del informe, una invitación para el homenaje por la jubilación de dos compañeros, almuerzo y regalos. Alicia recauda los setenta euros que introduzco en un sobre con mi nombre para confirmar mi asistencia.

La otra comunicación me informa sobre una reunión con el comisario Montero a las doce, de seguro para ponerlo al día sobre el curso de la investigación; quizá haya recibido un recado indirecto de alguien interesado con el que guarda amistad y quiera conocer, a través de mí, los informes de mis avances que están a disposición del juez de instrucción. Podría hablarlo con él, pero se cuida de mantener las apariencias de neutralidad y prefiere mis comentarios en un ambiente con cierta informalidad.

Informe solicitado por el inspector Agustín Camacho Linares, de la brigada de homicidios de Málaga, con la aprobación del juez del juzgado de instrucción número siete de Málaga. Informe realizado por los agentes número 2114 y 2191 de la comisaría de Almería. Nos trasladamos, previo aviso al restaurante Rincón de la Bahía, sito en la calle Coral, número 14, para entrevistar a la señora Matilde Jurado y al señor Antonio Guirado, ambos trabajadores del restaurante, ocupados en la atención a clientes en el salón y la terraza, que realizaban turno el día que acudieron los señores Fernando Centeno y Gabriel Jiménez para almorzar. Se les pregunta sobre lo que recuerdan de ese día. La señora Jurado los recibió en la recepción para conducirlos hasta la mesa reservada, tomó la nota de las primeras bebidas y dejó la carta; después el señor Guirado trajo los platos. Conforme avanzaba la comida, notaron que la conversación se transformaba en discusión. Para guardar el debido recato, se alejaron de la mesa, pero los miraron de soslayo para evitar que molestaran a otros comensales de las mesas cercanas. Pudieron escuchar algunas frases que memorizaron, porque luego repitieron a los compañeros de la cocina y al encargado de fregar los platos. Transcribimos las que nos comunicaron: "Te podrías quedar en Inglaterra, majo, y no venir a joderme mis contactos". "Esto me incumbe a mí tanto como a ti. A ver si te crees que puedes mangonear a tu gusto sin contar con la opinión de los demás. Ese negocio es ruina". "Así te mueras, capullo". "Ahí te quedas, paga tú". Pagó el señor Centeno con tarjeta de crédito. Desde entonces no han vuelto.

Finaliza el informe con la firma de los dos agentes. Podría deducir fuertes desavenencias entre ellos, luchas de poder, preparación para el futuro cuando la anterior generación haya muerto, envidias, recelos.

No debía de ser el primer enfrentamiento, porque no se llega a las fuertes palabras con el primer desencuentro; hacen falta varios, para que el respeto se resienta, se crucen fronteras de la educación recibida, se eche mano del lenguaje bajo que parece más eficaz para dañar que el sofisticado del colegio, o tan solo más directo, con menos refinamientos que oculten el arma cargada, el puñal sujeto, la intención de herir el prestigio, matar al rival, aunque no sea su cuerpo, sino la imagen social que se ostenta, se cuida, se protege, para que permita abrir puertas de conveniencia, convencer voluntades, enamorar corazones y mantener la ficción de que valemos más de lo que en la soledad reconocemos: la identidad también contiene una plusvalía como cualquier artículo de consumo que se compra y se vende.

—¿Irás al homenaje? —Escuché la voz de Alicia desde la puerta abierta, sin entrar, de paso hacia otras oficinas.

—Sí, iré, son buenos compañeros, me he llevado bien con ellos. He puesto en este sobre el dinero y mi nombre para que me apuntes en la lista de los que acudirán al evento. ¿Irás, por supuesto?

—Arreglaré todo para tener esa noche libre. Pablo se quedará con mi hermana para que yo pueda ir tranquila sin mirar el reloj. Con la comida y los reconocimientos, se prolongará y no me gustaría abandonar antes la reunión.

—Me alegra oír tu decisión. Si no es un abuso por mi parte, podría ir contigo en el coche. El que teníamos se lo quedó Elena y no me he decidido a comprar uno nuevo o de segunda mano; prefiero caminar, todo lo más el metro o el autobús municipal.

—No te preocupes, no es molestia, ya quedaremos en el lugar que mejor te venga. Aún quedan un par de semanas. Cuando se tienen hijos pequeños, una fiebre, un malestar, tira por tierra cualquier plan. Si no hay contratiempos de última hora, no faltaré a la cita. Cuando finaliza una carrera profesional con la reputación conservada por el servicio bien hecho, la despedida es merecida, una deuda de compañeros. Voy con gusto a ese encuentro.

—Soy de la misma opinión. A las doce tengo cita con Montero. ¿Sabes si está disponible a esa hora?

—Aún no ha llegado; si se retrasa, te aviso para que no esperes en vano.

—Gracias, Alicia, que tengas un buen día.

El informe permitía sospechar la existencia de nuevos rasgos en el carácter del señor Centeno: disgusto fácil, intolerancia a la competencia, a que su primo le hiciera sombra, reacciones de vileza como preferir su muerte o que se quedara en Inglaterra en lugar de mejorar las propias capacidades para afirmar sus competencias.

Me dispuse a preparar la segunda entrevista con Fernando Centeno. Era necesario sacar a relucir las tendencias que ocultaba con alguien desconocido. Aprovecharía las posibilidades del desconcierto que le produciría saberse investigado por el cuerpo de Almería; que con la primera conversación no quedó todo resuelto; que no salí convencido, moví hilos, recabé opiniones, revisé fechas y contratos mercantiles; que el móvil del dinero estaba activo como primera alternativa para explicar las cosas; que la actitud de su proceder incrementaba su candidatura a sospechoso de estar involucrado en un complot contra Gabriel. Seleccioné las preguntas de una lista confeccionada a partir de los indicios con el objetivo de provocar un desliz, una torpeza, en su convicción de estar al margen de la investigación.

—Buenos días, comisario Montero. ¿Puedo pasar o espero?

—Pase, siéntese. En un momento estoy con usted.

Salió del despacho sin destino conocido por mi parte. Después escuché su voz desde el fondo del pasillo. Ir, venir, recorre distancias sin abandonar el edificio; llamadas, citas, firma de documentos... Todo parece indicar mucha actividad, o que es conveniente representarla para justificar el cargo y sentirse avalado ante los que resuelven los problemas, corren los peligros, los que él ordena, valora, censura, expedienta.

—Disculpe, Camacho. ¿Cómo progresa la investigación del caso Gabriel Jiménez Centeno?

En la pregunta va incluida la forma de la respuesta que se espera, que se permite. El caso debe progresar, resolver las dudas establecidas por alguien que puede no tener razón; los avances previstos no son posibles, porque no se halla nada o lo que se encuentra va en otra dirección, la que la pregunta omite, o teme, y no se atreve a saber porque la verdad está definida y su renuncia es insoportable. En cada caso existe una verdad deseada, aquella que restablece el orden alterado por el crimen y confirma la adecuación de las jerarquías sociales, de los valores, de las estructuras de gobierno, para que nadie cambie su forma de pensar, nadie sienta su sillón temblar; el mundo de la realidad reposa en el que la conciencia imagina para sentirse segura sin ser cuestionada y quedar exenta de la dura tarea que supone hacer lugar a lo diferente, lo inesperado, lo no pensado, lo temido que pretende un lugar reconocido. Pero lo más difícil es modificar la concepción del mundo recibido como cierto, sin mejores alternativas ni evidencias que impugnen sus criterios.

—No sé si puedo llamar progreso a la situación actual. Recabo informaciones, conozco a las personas relacionadas, no los hechos, que permanecen en el misterio en la habitación del señor Jiménez Centeno. Más que sospechas, tengo motivos para continuar investigando a ciertas personas, cuyo testimonio veo necesario para conocer el ambiente en el que el fallecido hacía la vida.

—¿Puedo saber algo sobre esas personas que menciona?

—Con el debido respeto, comisario, permítame por el momento guardar silencio al respecto. Si menciono sus nombres, puedo dar a entender que me muevo en suposiciones de culpa, cuando lo que quiero dejar claro es que necesito una mayor precisión sobre lo que sé de ellos, en la repercusión que esta muerte ha tenido, cómo se la explican y cómo quieren comprenderlo. Los padres están afectados; han conocido los datos de la autopsia bajo secreto de sumario; no me explicaron cómo, tampoco tengo interés por saberlo. Lo cierto es que la posibilidad de que su hijo tuviese una vida que cuestiona los valores religiosos de ellos desencadena los escrúpulos, desazón, incomodidad del espíritu, porque les afecta lo que antes veían de lejos, como desvaríos de otros de los que la fe los preservaba. Percibo que prefieren una conclusión de muerte violenta, impuesta, que cuestione menos sus convicciones, que aceptar la diferente condición humana de su hijo.

—¿Y su hermana?

—Con ella es distinto. Mantenía complicidad con su hermano, tiene menos conflicto para aceptar un exceso erótico mezclado con la utilización puntual de drogas.

—Ella es más joven; se ha movido en un terreno intelectual, la mente abierta, pero para ellos será más difícil de aceptar.

—Algo presumen y preparan el cuerpo. Su consuelo lo relegan hasta la resurrección de los muertos, porque piensan que un dolor tan grande solo puede ser contrarrestado por una solución que exceda al humano razonamiento. En la fe encuentran resignación, esperanza y consuelo. Me recordó la reflexión de Javier Marías sobre el juicio final, la pérdida que supone la renuncia a su creencia, la desaparición de las personas de la fe firme. La renuncia a estos conceptos deja una gran nostalgia, un vacío de lágrimas, porque implica que las injusticias y los crímenes encubiertos se mantendrán a salvo, que las víctimas no se recompensarán, porque la memoria solo compensa al que tiene el recuerdo, no a quien sufrió el agravio. Se repliegan sobre las fórmulas sagradas sin intentar probar su significado. Les basta con el consuelo que serena el ánimo abatido.

—¿Cómo reaccionó usted?

—Guardé silencio, como se debe guardar ante los momentos y los lugares sagrados, los que guardan un misterio a la espera de revelarse. Comprendí la situación de su ánimo, la disputa intensa en el interior de sus almas; respeto sus tiempos; el muerto es de ellos; a mí me toca descifrar las dudas y cerrar un caso de forma digna y duradera.

—¿Tiene previstos nuevos pasos?

—Desde luego. En un par de días, intentaré dar con amantes furtivos, pasajeros, quizá con alguien que tenga información de privilegio, que estuvo cerca y ahora viva asustado.

—Me alegro, Camacho, de haber dejado este caso en sus manos. Hablaremos pronto; sepa que estoy de su lado.

Me inquietó esta última expresión, en apariencia de despedida, que establecía una duda, acaso vengativa en retribución por la que dejé sin resolver, reservada para mí, cuando me negué a complacer al comisario para que conociera lo que yo no quería que supiera.

Ahora me infligía una herida en el frágil terreno del reconocimiento, que hace temblar el edificio de nuestra estima sustentada en frágiles cimientos: lo que somos para otros y corremos el riesgo de dejar de serlo. ¿A qué lados se refería para estar de mi parte y no en el contrario? Si era estrategia mezquina, había logrado su objetivo, porque acarreaba la duda que sembró con sus palabras. Es posible que tuviera enemigos activos dentro de la comisaría, los que me criticaron durante el caso Balbuena y después disimularon su enojo cuando fui rehabilitado.

El comisario actuaba como Mohedano, generando divisiones entre sus subordinados, como si existieran dos bandos. Cuando hablaba conmigo, parecía estar de mi lado, pero estoy seguro de que cuando otros entraban a su despacho, también les daba la razón. En realidad, el único bando que le importaba era el suyo: el que lo mantenía bien posicionado para ascender, acercarse al ministro, codearse con los altos mandos. Su carrera profesional apuntaba alto, y todo lo demás era secundario.

Sus palabras hicieron el efecto contrario, me volvieron receloso, disimulado, guardando lo que sabía en un sobre cerrado. Enfoqué mi trabajo en resolver el caso, aportar sosiego a Magdalena y a los padres, resignación para el ánimo entristecido, sin posible consuelo en el reino de los vivos, esperanzados en la resurrección de los muertos.

Montero quedó a un lado; mínimos contactos, todos obligados. Sospeché que, por otras vías, estaba presionado, y un hombre bajo presión puede sucumbir en cualquier momento.

Francisco Alcalde me espera en la esquina de Álamos con Dos Aceras. Nos saludamos de la mano. Parecía forzado, sin convencimiento sobre el resultado de esta visita a lugares que frecuentaba para diversión, para un posible y fugaz enamoramiento, incómodo por tener que presentarme a amantes secretos.

Atardecía. La oscuridad se acercaba con el rostro pálido, las pupilas dilatadas y los oídos atentos. Iba erguida, observando a lo lejos, sin perder detalle, escudriñando los rostros, tratando de leer los pensamientos.

En la barra, pedimos un par de copas, *whisky* con hielo, que ayuda al disimulo; ocupa una mano para que esté tranquila, amarga los labios e inunda la garganta con sabor a madera de barriles americanos.

Alcalde hizo un gesto para llamar a dos muchachos que se acercaron sonrientes, con una copa en la mano. Lo saludaron con un beso y a mí me dieron la mano. Antes de que pudieran decir algo, Alcalde se adelantó:

—Este es el inspector Camacho. Está investigando la muerte de Gabriel, ocurrida el mes pasado. Es solo un trámite, ya que murió solo.

Los muchachos mudaron el rostro hacia un gesto contrariado; se asustaron, no querían verse inmiscuidos en la muerte de una persona, alguien conocido quien hubieran intimado. Intervine en ese momento para no perturbarlos más de lo que estaban e interferir en su relato.

—Investigamos los fallecimientos no aclarados. No buscamos responsables, solo datos, porque algunas cosas no cuadran y queremos aclararlas. ¿Conocían ustedes a Gabriel Jiménez?

Uno de ellos se adelantó a contestarme:

—Sí, éramos amigos, no íntimos, amigos de bares, de salidas, de alguna fiesta.

El compañero se animó a intervenir:

—Yo tuve menos relación con él. Creo que una vez nada más estuve en su casa, por una fiesta; después no volvimos a coincidir.

—¿Notaron ustedes que se consumieran drogas, estupefacientes?

—Mire, inspector —dijo el primero con la aquiescencia de su amigo—, en las fiestas, como en cualquier parte, siempre se cuela el que trae cocaína y la reparte, bien porque quiere animar el ambiente, bien porque busca clientes que después le compren. Claro que corrió el polvo blanco.

—¿Consumía Gabriel?

—Recuerdo que alguna raya se metió, no hasta ponerse morado como algunos que se pasaron y se les fue la cabeza creando mal rollo.

—¿Tenía Gabriel relación con alguien? Me refiero a relaciones de intimidad.

—Conmigo no hizo nada. A él le gustaba el Albert, un chico irlandés que estudia español. Esperaban hasta el final para quedarse solos. Lo que pasara después, no sé nada. ¿Y tú, recuerdas algo?

—Menos que tú. Lo que le digo es que he visto al Albert esta noche en una de las mesas.

Señaló el lugar donde lo vio, con el brazo extendido, indiscreto, como un acusador que descubre a un culpable que anda suelto. Albert percibió el manejo, se debió asustar, retrocedió, tiró la silla al suelo y salió despavorido por la puerta de emergencia. Los movimientos de huida aumentan las sospechas sobre que algo pesa, molesta en la conciencia, se teme desde hace días, aumenta la suspicacia, la inquietud, y espera el momento para descubrirse. La reacción fue automática; se preparaba desde hace tiempo; disparó resortes comprimidos que decidieron sin pensarlo su comportamiento que empeoraba las cosas.

Salí tras él. Corrí por las calles del centro; adivinaba su figura al doblar las esquinas y enfilar las calles solitarias que retumbaban con el eco de nuestras pisadas. Le grité varias veces que se detuviera, que solo quería hablar. No me hizo caso; cruzó por una calle estrecha; lo seguía a unos metros de distancia.

De repente, una pierna se atravesó a mi paso; tropecé, caí rodando por el suelo. Dos chicos cayeron sobre mí. Con agilidad buscaron mi cartera y salieron corriendo. «Soy policía», grité. Miraron hacia atrás; uno de ellos hizo una peineta, después tiró la cartera y se llevaron los treinta euros y algunas monedas. Me levanté con la camisa sucia y rota por una de las coderas, el pantalón con una raja en la rodilla que no recordaba desde la infancia. Pensé en que mi madre me pegara una rodillera, que con el calor se quedan adheridas, pero ya no se llevan pantalones remendados ni con parches de refuerzo. Regresé a la discoteca.

En la puerta, Paco Alcalde me esperaba, solo, preocupado. Salió a mi encuentro.

—Válgame Dios, querido, ¿te has hecho daño?

—Un par de rasguños, nada serio. El chico se ha escapado. He caído en manos de pillos de barrio que merodean a víctimas para robarles. También han escapado.

—Hijo, en las series los policías son más hábiles, sacan sus pistolas, dan disparos al aire, meten miedo. Tú pareces más frágil. ¿Quién va a hacerte caso, aunque grites que se detengan?

—No voy armado. Los disparos al aire son causa de accidentes graves. Herir a un chico por treinta euros no es razonable.

—No te preocupes, yo te he hecho de policía mientras tú corrías por las calles. Me he enterado de la dirección del tal Albert. Aquí la tienes. Ve para tu casa y lávate, que por detrás llevas la camisa sucia y el pantalón raído.

Me sentí un poco ridículo con la imagen que daba de la ley, del orden, del sistema que protege a los ciudadanos del robo, del fraude, de la muerte violenta. Podían constatar que es débil, que no deben fiarse, que cuando el mal llama a la puerta, las defensas son escasas, no llegan a tiempo, y cuando llegan, no resuelven. Es sencillo burlarlas, escaparse sin dar cuentas; no hay temor de la espada, del uso legítimo de la violencia por parte de las autoridades. Mi imagen rodando por el suelo, el joven burlón con el dedo en señal de triunfo me produjo tristeza; en mi imaginación vi como el Leviatán se quemaba en la hoguera de las vanidades.

Guardé el papel con las señas escritas de mala manera en una servilleta mojada por restos de cerveza. Alcalde se despidió y pagó la cuenta.

Llegué a casa a la medianoche. Para mi desgracia, Belén bajaba la basura. Coincidimos en la puerta; notaría mi aliento a alcohol, la ropa rota, sucia, el pelo revuelto y las señales de la derrota en mi apariencia. Pensaría que vengo de una pelea, de una borrachera. Desconsolado por las nefastas intermitencias mediante las que confeccionamos la historia de las personas, su identidad, nos figuramos su comportamiento cuando no las vemos y no pueden escenificar una personalidad que a solas niegan, traicionan porque la verdadera es ruin, repudiable, vulgar, que se oculta porque se sabe que la verdadera no puede gustar, no interesa. Entonces se enmascara con el traje de la prudencia, la literatura, los modales amables, engaños miserables que el tiempo descubre en su triste desnudez. Pensé que la había perdido sin llegar a tenerla.

—Un accidente —le dije—, solo un accidente con unos delincuentes —repetí sin convicción, presuroso por cerrar la puerta, dejarla marchar, distanciarme y encerrarme en la guarida, oculto para los ojos que me ven y expuesto a los que habitan en mi cabeza.

—Espera, no cierres la puerta.

La vi alejarse con la bolsa hacia la otra acera; vestía un pantalón corto que dejaba contemplar sus piernas esbeltas. Cruzó a pasos largos. A su vuelta se aproximó de frente. El cabello recogido en un moño dejaba descubierto el cuello dibujado con los relieves de la musculatura bajo la piel pálida, el rostro limpio, preparado para el sueño; una blusa resguardaba su pecho de miradas obscenas y de la frescura de la noche de abril recién estrenada la primavera.

Entró por el portal delante de mí; subió los peldaños hacia el rellano del ascensor. Miré hacia arriba. Mi mirada ascendió por sus piernas hasta el pliegue que los muslos dibujan en su encuentro con las caderas. La imagen de ese pliegue de carne de mujer de súbito encendió una pasión, un deseo intenso por disfrutar de ella, como si la válvula que mantenía encerrada la libido en una olla a presión saltara incontenible por poseerla. Recordé a don Luis, profesor de psiquiatría, cuando cursaba los estudios de criminología, que ironizaba con las metáforas termodinámicas de Freud para explicar la represión, los caminos del deseo para encontrar su desahogo, cuando la temperatura interna excede la capacidad de contención. Comprendí que era injusta y peligrosa la ofuscada sinécdoque que reducía a Belén toda a un pliegue de su carne tersa; que mi necesidad de confirmar la varonilidad herida durante la noche, por afianzarme como hombre mediante el impulso del sexo y la posesión de una mujer bella, resumía y empobrecía su persona a un pliegue de carne atractiva, que yo llenaba con la imaginación desbocada, prescindiendo de sus sentimientos, experiencias, valores, cuitas activas, proyectos, para convertirla en un objeto simple, unidimensional, al servicio de la atracción que me producía, de mi humillación.

Sin embargo, no puedo negar que la contemplación de su hermosa carne despertó en mí una complejidad de sentimientos, una experiencia pura que, una vez tranquilizado el impulso del sexo, persistían otros destinados a la admiración y el afecto.

Belén se detuvo con el rostro triste, pensativo. Me sentí obligado a darle una explicación e intentar la rehabilitación de mi imagen, que temía deteriorada en su pensamiento. Apenas me conocía; los prejuicios estaban activos para rellenar todas las lagunas, recomponer con tópicos los fragmentos de mi persona a los que tuvo acceso.

—No dudes —le dije como una súplica—, ha ocurrido como te cuento. No soy hábil con las persecuciones; los maleantes me pueden. Me tiraron al suelo, robaron el dinero, pero he conseguido la información que buscaba; al menos eso me llevo.

Belén sonrió, recompuso la botonería de mi camisa que llevaba mal abrochada y peinó mi pelo con una mano suave como un peine de largos dedos. Me abrazó, mantuvo el abrazo hasta el cuarto piso y se despidió sin darme un beso. Yo me sentí comprendido, creído, con la puerta abierta para seguir conociéndola, para ganar una amiga, tal vez, una compañera. Aún no conocía sus expectativas a este respecto; si yo iba demasiado lejos y escribía capítulos de la historia sin contar con ella, que podía existir un final inevitable, ya escrito y por mí desconocido, que me debía conformar con un prólogo lleno de posibilidades, pero sin continuidad, como esos libros en los que el prefacio lo dice todo y la historia se hace superflua y devaluada.

IX

Tres días estuve vigilando la puerta de entrada a su casa, el centro de estudios donde estudiaba, los lugares que frecuenta, las amistades que lo acompañan. No apareció; estuvo escondido durante tres días, en casa de un amigo, de viaje o de acampada en un lejano paraje. Sabía que mi paciencia sería recompensada. Apareció al cuarto día, de noche, cuando no esperaba que siguiera apostado observando su ventana.

—Tranquilo, Albert. No tiene motivo para inquietarse, no huya esta vez y todo será mejor para usted. Soy el inspector Camacho; necesito que hablemos sobre la muerte de Gabriel. Subamos a su apartamento; lo sigo, voy detrás de usted.

Albert no opuso resistencia. No resolvió el miedo con otra fuga, quizá porque los tres días huido no tranquilizaron el ánimo y permitieron que reflexionara.

—Sígame, no escaparé. No tengo motivo para hacerlo; ese día me asusté; tuve miedo, eso es todo. Contestaré sus preguntas.

La vivienda estaba vacía. La compañera con la que convivía terminó su estancia en la ciudad y la que cubriría su plaza llegaba la semana entrante. Estaba en orden, limpia. No observé descuidos ni indicios de fiestas.

Albert es un joven pelirrojo, educado, que habla bien el español sin excesivo acento. Me pide permiso para ir al servicio. Regresa bien peinado, ha cambiado la camiseta por una camisa a listas blancas y azules. Me ofrece un té que acepto para disponer de más tiempo para observar el lugar, detectar alguna señal de consumo de tóxicos, algún objeto que dé que pensar.

—Sin leche, por favor.

—Adelante, me puede preguntar.

—¿Conoció usted a Gabriel Jiménez?

—Sí, lo conocí y siento mucho su muerte. De verdad.

—¿Qué relación lo unía con él?

—Primero amigos, después amantes ocasionales, nada serio; encuentros después de las copas, de bailes o de fiestas con amigos comunes. Gabriel me gustaba, era buena persona, amable, educado, con buena conversación; yo me estaba enamorando, pero veía que él no quería compromisos. Me hice a la idea y lo pasábamos bien. En una ocasión estuvimos juntos en Londres y en otra lo acompañé a Dublín. Él quería conocer la ciudad, hacer el recorrido de Leopold Bloom.

—¿A qué se dedica usted en España?

—Soy estudiante de Filología Hispánica en Dublín, vine a perfeccionar mi español con una beca Erasmus; después me he quedado más tiempo. Hago un máster en la UMA y trabajo como camarero en un bar. Allí conocí a Gabriel.

—¿Estuvo con él la noche del fallecimiento?

—Sí, estuvimos juntos hasta las once u once y media, cuando lo dejé. Me dijo que debía dormir para madrugar al día siguiente.

—¿Mantuvieron alguna relación que lo pudiera dañar?

—Nuestras prácticas variaban según el momento, la excitación o el juego que se cruza por el pensamiento.

—Sea más explícito: el señor Jiménez presentaba desgarros en el recto.

—En ocasiones, utilizamos objetos, juguetes eróticos. Otras veces, prácticas como puño al recto, buscando el placer que da sentirse penetrado por alguien que deseas, que te atrae. Después terminamos con preservativo por precaución. Quizá le hice algo de daño. Nada me dijo.

—¿Cómo explica que se encontrara cocaína en el intestino y en la sangre?

—La consumimos ese día, vía rectal e inhalada por la nariz. La traje yo, comprada a un camello. Nuestro consumo era esporádico; Gabriel no era el ejecutivo agresivo que la consume para mantener la actividad frenética, sino usuario ocasional, como yo, por diversión.

—Siga, ¿qué más recuerda?

—Cuando acabamos, Gabriel se sintió acelerado. «Nos hemos pasado», me dijo. Entonces se tomó unas pastillas para dormir.

—¿Cuántas?

—Varias, no sé, no las conté. «Ahora vete —me dijo—que con esto duermo bien». Me marché. Quedamos en llamarnos. Después no sé nada de lo que pasaría estando solo.

—¿Seguro que no llegó nadie después de marcharse usted?

—Era tarde; oí que cerró la puerta de un golpe sin girar la llave. No sé si le abrió a alguien más tarde, no lo sé. Le aseguro que cuando yo me fui, Gabriel estaba vivo y nadie estaba con él. Creo que fue un accidente, un efecto inesperado de la cocaína mezclada con el alcohol de las bebidas que tomamos, o de los sedantes. No tuve nada que ver. Lo siento, era buen amigo.

Quedé pensativo. Me encontraba ante una narración coherente. No teníamos evidencias de extorsión, de movimientos extraordinarios de sus cuentas, de transferencias para Albert. Paco Alcalde no tenía noticias, ni Magdalena. Los padres pensaron en un intento de robo con violencia, pero no se comprobó la ausencia de objetos de valor. No existía móvil económico ni pasional, al parecer. La hipótesis del accidente cobraba solidez.

—¿Alguna vez recibió dinero de Gabriel?

—Nunca se lo pedí; me manejo bien entre una beca, lo que obtengo en el trabajo y mi familia es solvente. Si necesito algo, me ayudan.

—¿Tiene inconveniente en realizar esta declaración en la comisaría, para dejar constancia en el sumario abierto?

—¿Cuándo me paso? ¿Pregunto por usted?

—Mañana, a las diez. Agustín Camacho, inspector de brigada de homicidios. Buenas noches. No vaya usted a ausentarse, se lo digo por su bien.

—Descuide, con un error es suficiente, no tengo nada que esconder.

En mi interior estaba convencido; sin embargo, no basta en una investigación con la propia persuasión; se requiere aportar argumentos de peso, indicios sólidos, pruebas que convenzan a los reticentes, los ofendidos, los que desean otra explicación de los hechos, la versión que satisfaga sus miedos, sus prejuicios, el relato organizado en sus mentes para apaciguar la angustia, armonizar lo ocurrido con los valores en riesgo, la imagen que de la víctima se conserva. Les duele que fuera lo que no imaginaban, lo que nunca sospecharon, o no lo dejaron ser.

En su momento, leí en los manuales sobre la transmisión del VIH que nos proporcionaron en los cursos para evitar contactos de sangre en las detenciones, en el traslado de cuerpos heridos y los levantamientos de cadáveres con restos hemáticos, que entre las prácticas eróticas de hombres que tienen sexo con hombres, la introducción del puño era arriesgada por frecuente y algo traumática, que facilitaba el contacto del semen con la sangre y la vía de entrada del virus. La mucosa rectal es ávida para la absorción de líquidos y de medicamentos o tóxicos disueltos. Se utiliza cuando otras vías no están disponibles, el nivel de conciencia es bajo o el administrador es inexperto.

Se trataba, en principio, de una práctica sin violencia acompañante, tolerada, deseada o disfrutada por las partes sin imposición, con un acuerdo previo sobre lo permitido y lo prohibido. La puerta del recto hacia el placer está estigmatizada y, aun así, presente en el lenguaje cotidiano. Posee su genealogía, la carga de significados acumulados a lo largo del tiempo y puestos al servicio de los intereses del momento.

Los referentes inmediatos sitúan la entrada por el ano en el ámbito de la ofensa, el castigo, la molestia, la imposición; es probable porque la persona es comparada e integrada en el colectivo homosexual masculino y se impregna de todas las atribuciones maliciosas que los afectan desde hace milenios.

La sodomía hunde sus raíces en el mito que relata la intención de los varones de Sodoma de mantener relaciones sexuales con los acompañantes divinizados de Lot, quien, para protegerlos, pone a su disposición a sus hijas para que cometan sus actos abyectos.

El lenguaje actual está impregnado de forma creciente por las referencias negativas y connotaciones de desprecio homófobo por el coito anal entre hombres. Funciona como un refugio tolerado del machismo, que se pronuncia y pasa desapercibido sin ser detectado; por eso se dice «que te den» en los más variados ambientes, como la respuesta que merece quien ha ofendido con la intención vengativa de que sea tratado como un gay.

La extensión a su práctica con mujeres arrastra connotaciones similares de predominio del sometimiento, el dominio, la imposición de un acto placentero para el hombre que disfruta con la molestia y el dolor que la penetración produce en la mujer, que la tolera y, por ese misterioso vínculo psicológico y neurológico que une el dolor con el placer, puede acabar aceptándolo como muestra de entrega, de sujeción y de reconocimiento del poder que se ejerce sobre ella.

No puedo establecer afirmaciones taxativas, solo un parecer. Las mujeres son las responsables de proveer la interpretación adecuada, aunque no se trate de la final, porque el placer queda a veces a expensas del interés de otros, que lo tergiversan y convierten en senda para el sufrimiento en lugar del disfrute.

No hay inocencia en las palabras que utilizamos, en las frases hechas y los refranes que pronunciamos sin analizarlos, sin desgranar el sentido terrible que viaja con ellas desde el pasado y crea un estado de opinión y subterfugios para permanecer sin cambios con la apariencia de que cambiamos.

Albert quedaba en un puesto de baja sospecha. En principio, sus palabras parecían ciertas, coherentes con los tiempos, los lugares y los datos de la autopsia. Las circunstancias que mencionaba se pudieron comprobar; podía descansar tranquilo de que no era observado, vigilado, seguido en sus pasos y descubierto en sus comportamientos e intimidades. Baja sospecha no significa absolución, abandono del mapa de relaciones que rodearon una muerte. Le comuniqué que permaneciera en la ciudad hasta que se diera por cerrado el sumario. Con un servil acatamiento aceptó el consejo. No me agrada este tipo de respuesta, porque el servilismo suele encubrir resentimiento, la existencia de una voluntad opuesta que espera su momento para dar la puñalada, la traición, la sorpresa que modifica el curso de los acontecimientos hacia donde no se suponía o se descartó por un error o el engaño pasajero que afecta a los investigadores.

X

Los días transcurren vertiginosos. La tierra completa su giro acelerado. Suma días a un ritmo demasiado rápido para la corta vida de los seres humanos. Mis días semejaban los de Job, más veloces que la lanzadera del tejedor; incluso el dolor, la angustia, la pena, sucumben ante el paso del tiempo. La alegría y la tragedia duran el mismo tiempo, aunque una parezca que se prolonga más de lo que se puede soportar y la otra sea efímera, pero el sepulcro las devora con su boca inmensa e insaciable, sin diferenciar entre el que llega alegre a la muerte y el que la aguarda transido por la tristeza. Lo malo no dura y lo bueno es breve.

Esperaba este día, no tengo claro si con satisfacción o con renuencia; ambas sensaciones merodeaban por mi cabeza: una me invitaba a partir para el lugar donde Alicia me recogería; otra me llamaba a renunciar, quedarme en casa, evitar la reunión con tanta gente, conversaciones banales, exaltaciones, logros, críticas.

Alicia se enojaría si la dejaba plantada a última hora. Quizá fuera ella la que renunciara por una fiebre de Pablo o una melancolía inesperada que la atrapara en la soledad a la que estaba acostumbrada. No sonó el teléfono, no recibí llamada de su parte; todo indicaba que los planes persistían, que nada vino para torcer el curso previsto del día.

Me dirigí hasta la esquina de Velázquez con la avenida de los Guindos, lugar donde quedamos para tomar la salida hacia el Parador de Golf en el que se organizó el agasajo. Distinguí su vehículo en la distancia, pulcro, sin marcas de los excrementos de las aves que cruzan a menudo estas calles en la ruta que las lleva desde los contenedores de basura hacia el mar.

Abrí la puerta; me encontré con su mirada. El cabello recogido hacia delante; no imaginaba que lo tenía tan largo, ondulado y oscuro como azabache. Vestía traje largo de seda, rojo con el escote abierto, insinuando la forma de los senos, pequeños, bien formados, resguardados de miradas por un pudor que la hace más hermosa, hermética, distante; las mangas largas hasta las muñecas cubrían las heridas del brazo y la de la pierna izquierda quedaba oculta por el vuelo de la falda que caía sobre su silueta sentada, agarrada con las dos manos a la circunferencia del volante. Los ojos abiertos, resaltados por un ribete negro en los bordes de los párpados, como las mujeres egipcias dibujadas en las paredes de los templos funerarios.

Como no terminaba de entrar al vehículo, detenido en contemplar su bella apariencia que en la comisaría deducía bajo el rudo uniforme, pero que ahora tenía desplegada ante mí, simuló impaciencia por terminar el juego que le proponían mis ojos de enamorado. Quedé reconfortado por saber que mis sentimientos la alcanzaban sin necesidad de decir nada.

—Vamos —me dijo con fingida inquietud, sabedora de que la observaba, que me había impresionado su aspecto—. ¿A qué esperas para subirte?

—A serenarme después de verte, compañera.

—Deja los cumplidos, que vamos tarde.

—¿Para cuándo los dejo, Alicia? Si siempre los tengo reprimidos, temo enfadarte.

—Tú siempre con los juegos de palabras. Anda, ponte el cinturón.

Extendió su mano para apretar la mía como el saludo que no nos dimos y quedó pendiente. Aproveché el momento para retenerla, sentir el calor de su piel tersa, hasta que la palanca de cambios la requirió y dejó la mía abierta, triste por su ausencia.

—La primera vez que me subo contigo a un automóvil. Nunca coincidimos de brigada ni de servicio, una lástima.

—Para todas las cosas siempre hay una primera vez, también una última —respondió, con una mirada de soslayo acompañada de una sonrisa sin despegar los labios, para que no me hiciera ilusiones sobre un comienzo de algo, porque podría no tener continuación sentirla a mi lado como ahora la sentía.

Los homenajes guardan similitud con los funerales: nadie menciona nada malo del finado, ni los errores, exabruptos, maledicencias ni trato desconsiderado. Tampoco las tensiones que soportó, los excesos de guardias, algún expediente disciplinario; nada tiene sentido para recordarlo cuando la vida laboral ha terminado.

Nos sumimos en una complicidad de silencios para centrarnos en lo bueno, olvidar lo malo y hacer del día una fiesta, porque mañana nos volveríamos a encontrar por los pasillos, en el gimnasio, en un curso de actualización o en la cafetería tomando un bocado.

Alicia forzó sentarse a mi lado en una mesa que disponía de dos asientos desocupados. Supongo que pretendía evitar que alguien sacara temas de conversación que prefería dejar reservados, y con el vino y alguna copa se hablasen sin recato, como si ella tuviera todo superado y no doliera la herida que no había cicatrizado. Me agradó su decisión, que me tuviera en buen concepto, como persona prudente, discreta, con sensibilidad suficiente para no hurgar donde duele y hablar sobre lo que debe mantenerse callado.

Durante la cena habló con todos los miembros de la mesa; conmigo estuvo más escueta en palabras; solo me dirigió las esperadas sobre si la comida era de mi agrado, si quería agua, si compartía un poco de su postre porque a ella le sobraba. Yo respondí afirmativamente a todo y aprovechaba para mirarla, repasar su rostro, los ojos vivos y brillantes y, cuando pensaba que no se daba cuenta, deslizar la mirada hacia los senos cuando un movimiento de su brazo permitía que los admirara en una porción mayor que cuando la tenía de pie cara a cara. Como todos los homenajes, después llegaron las palabras del comisario, del inspector de la brigada, los agradecimientos, los buenos deseos, la nostalgia del siguiente día cuando no ficharan y sus ausencias fueran efectivas con la incertidumbre sobre los nuevos que cubrieran sus plazas. Cuando se toma posesión en un nuevo lugar de trabajo, lo que se aporta se nota más, porque las diferencias resuenan con mayor intensidad que cuando ha pasado mucho tiempo y nada sorprende en las conductas, en las negligencias, que, como conocidas, se camuflan en la rutina, se borran de la conciencia, aunque se sumen cada día y acumulen la molestia.

Conté alguna anécdota sobre los jubilados, un acierto en el trabajo, un buen momento, un momento malo, todo en la línea de exaltarlos, para colaborar en la estrategia de la memoria para las despedidas: la que reconoce lo conveniente y borra desvaríos y traiciones, palabras altaneras dichas con enfado. La memoria necesita en parte alimentarse del olvido que dé consistencia y verosimilitud a lo que se recuerda, que se presenta coherente, macizo como una piedra, sin contradicciones ni puertas abiertas a otras interpretaciones. No obstante, el olvido que el narrador precisa para hacer de su relato una historia es presencia, memoria activa, en otras conciencias; nunca es absoluto; de repente, emerge y tuerce las intenciones y se obstina en denunciar que las cosas no son como se cuentan.

En los homenajes convencionales, al brindis con cava siguen las copas y el baile con pequeña orquesta, *disc-jockey* o música grabada, dependiendo del presupuesto elaborado. Hay quien busca la embriaguez a propósito, porque sin ella no se encuentran a gusto entre la multitud, y con ella se integran con facilidad, participan, introducen la comicidad, los excesos de palabras, los manoseos enmascarados en afecto, la excitación por la posibilidad lasciva de que alguien caiga en la red y acabe la noche en la parte trasera de un coche o en la habitación de un hotel.

Bailo mal; no estoy instruido en este aspecto del dominio del cuerpo, aunque en mi interior presiento un bailarín que disfrutaría con los movimientos al ritmo de la música. Pero está inane, no tuvo crecimiento, por una melancolía adolescente que huye de los lugares de baile; disfruta con verlo en la distancia de las mesas de las discotecas, del escenario de un teatro o de los concursos de las salas de fiesta.

Me movía imitando a los que mejor lo hacían, como se deben hacer las cosas, siguiendo a los entendidos, a los que saben, a los maestros de cualquier disciplina. En algunos se notaba la asistencia a clases de baile, la preparación para impresionar en los eventos o para disfrutar más en ellos.

Las mujeres bailan mejor, más genuinas, con gestos alegres, espontáneos, destinados a un disfrute íntimo, personal, relajadas de la servidumbre por ser vistas y admiradas, seguras de la armonía de los miembros que expresan mensajes en códigos milenarios para el amor, el odio, la ternura y los celos.

Veo alegre a Alicia, sumida en sus movimientos, como si hubiera expulsado al abismo del olvido los pensamientos que la tienen cautiva y ahora, libre por un momento, danza feliz, hasta ríe, y pasa por mi lado clavando en mi mirada un arpegio sensual, seductor: el cabello negro sobre el pecho, el vestido rojo levanta su vuelo con cada giro del cuerpo que los brazos atentos limitan de inmediato para evitar mostrar las piernas más arriba de la rodilla donde la cicatriz se adivina, y sus ojos miran fijos, como si dijeran algo en secreto para que lo adivine o me equivoque en el intento, que desaparece cuando se aleja y reproduce cuando da con mi rostro asombrado, con la incógnita sobre las intenciones que guarda en el cuarto oscuro del corazón.

Llega el momento para las baladas que algunos temen y otros esperan con ansia para dar un paso más en la estrategia del cortejo, que permita despejar las dudas que el deseo, empapado en alcohol, imaginó como permiso para el placer de un día y el sexo de una noche.

Desde el extremo de la sala, refugiado en un grupo que no bailaba, observé cómo Alicia rechazaba varias invitaciones para abrazarla al son de la música que acerca las almas e incita a los cuerpos. Se dirigió hacia mí, mientras los compañeros musitaban mensajes estúpidos de pandilla de barriada; me alentaban para que aprovechara la oportunidad de cobrar una presa femenina para, después con ellos, alardear de los logros y comentar intimidades. Conservo desde niño el deleite de enamorado que me mantiene inmune ante los anhelos bajos, la utilización de una mujer para apuntalar la identidad masculina en crisis por la disfunción del órgano o el aborrecimiento cuando se miran al espejo y el reflejo que devuelve es vano y despreciable.

De joven, varias veces fui afortunado por las elecciones misteriosas por las que decide una muchacha dónde depositar sus afectos. No era el más bello ni el más alto, tampoco el más fuerte ni el más simpático; sin embargo, me elegían las más interesantes del barrio. No conozco el motivo, no me atreví a preguntarlo; disfrutaba con tomarlas de la mano, contarles historias, copiar algún poema de un poeta romántico, recibir un beso de labios encarnados, un «te quiero» pronunciado, que escapaba hacia el olvido cuando terminaba el verano. Entonces nos separábamos sin decir «adiós» ni «todo ha terminado», sometidos a la evidencia del triunfo de la corriente cambiante de la vida sobre la permanencia, del tiempo y el desengaño sobre el placer y la belleza: «Te descubriré que la belleza es una flor que en un solo día es graciosa y hermosa, y muere».

La misma sensación me visitó cuando Alicia se aproximó hacia mí, me tomó de ambas manos que puso alrededor de su talle y abrazó mi cuello con la intensidad de una amante que no quisiera perderme ni cambiarme por nadie. Sus pechos se apretaron contra el mío; debió de notar los latidos de mi corazón palpitante. Rechacé las experiencias antiguas que vislumbraban un final lamentable nada más empezar todo como un delicioso viaje. Me dejé llevar por sus pasos hábiles, seguirla por la pista, quizá como anticipo de la vida, si ella lo permitía, si la razón no oponía los fríos obstáculos, los cálculos minuciosos y graves; fundimos las mejillas, aspiré la fragancia, sentí el calor del aliento, tuve su cabello acariciado entre mis manos.

Algo ocurría dentro de ella como en mi interior. Como la conocía, no quise poner palabras a nuestro baile. Cuando terminó, nos sentamos en la terraza para recibir la brisa suave. Entonces dijo:

—Vámonos, se hace tarde.

No puse objeciones; si ella se marchaba, nada me retenía, no tenía anclajes en la sociedad de personas unidas por la ocupación y separadas, extrañadas, por sus consecuencias.

En el vehículo no pronunció palabra. Condujo decidida en una dirección equivocada.

—¿Hacia dónde vamos? —pregunté, pensando que nos desviábamos del camino hacia mi casa, tal vez para recoger a Pablo de la casa de su hermana.

—Vamos a mi casa —respondió lacónica—, sin mirarme a la cara.

★★★★★

—Siéntate en el salón, ahora regreso —dijo, con el tono de una orden dulce y placentera que asegura su cumplimiento, cuando entramos en la casa.

Como una orden la recibí, que dio segura de que la obedecería sin poner trabas ni preguntas, entregado a sus gestos, a las intenciones que guardaba en silencio. La vi acercarse a pasos lentos, en la penumbra del salón, iluminada por los reflejos de la calle que entraban por la ventana.

La luz indirecta, tenue, reflejada en la mitad de su cuerpo, dejaba a oscuras la otra mitad, como una metáfora del misterio que afecta a todo ser humano: la apariencia desvelada y esa otra realidad oculta, preservada, velada por el temor, la inseguridad, las malas experiencias, que en ocasiones también reserva las intenciones perversas, los engaños, los planes nefastos, los rechazos profundos y el deseo de la muerte propia y de la ajena.

Absorto en su contemplación, como la epifanía de una divinidad griega, la recibí con mis brazos. Se sentó a horcajadas sobre mí y, sin otro sonido, salvo el jadeo con el que acompañaba los besos que me daba, introdujo mi sexo en la cueva del deseo, al abrigo de sus paredes turgentes, húmedas y calientes. Deslicé las manos por sus muslos, hasta tropezar con la herida del izquierdo, amplia, queloide, como recuerdo indeleble de la proximidad de la muerte, de la lucha terrible por la supervivencia en la que Alicia sobrevivió, pero quedó herida con el estigma del horror en su cuerpo, que ahora me permitía acariciar como un gesto de aceptación, de intimidad compartida con lo que duele, con lo que se sabe oculto pero permanente, no solo con el placer por estar en su interior y recibir el roce creciente que acaba con el último jadeo, intenso, mutuo, sudoroso, abrazados en silencio. Permanecimos unidos sin precisar el tiempo. Llegó el último beso, seguido de inciertas palabras:

—Cuando quieras, puedes marcharte. El lunes hablamos. Ahora es más difícil tenerlo todo claro.

—Entiendo, podemos intentarlo. Por mi parte, no tengo reticencias. El lunes hablamos. Llamaré a un taxi. Descansa. Gracias por darme tu afecto. Lo valoro. Me alegra la vida.

No indagué en sus pensamientos. No quise forzarla para realizar una estimación de lo vivido durante esa noche, ni predicciones de futuro, ni declaraciones de propósitos, mucho menos de obstáculos que, como un coro de ancianos de una tragedia griega, desalienten a los amantes con sus mensajes sombríos, convencidos de que nada dura, de que la condición humana consume y rechaza, y lo que hoy desea, más tarde, repudia y se arrepiente del impulso de una noche y de las palabras dichas bajo el influjo de las caricias, los besos, el coito y la luna pálida.

El taxi me dejó en la puerta del edificio. Eran las tres de la madrugada del primer sábado de mayo. La ligera brisa de poniente expandía el aroma de azahar del bosque de naranjos. En lugar de subir para la casa, decidí pasear por el parque María Luisa para aspirar el aroma efímero de los árboles brotados, aliviar con la caricia del aire cálido los pensamientos, los interrogantes, que Alicia había sembrado en la penumbra de su salón y los de la investigación de la muerte de Gabriel, que permanece alerta y en voz baja me llama para que la resuelva. Siento la espera de los interesados presionando en mi pecho, como una angustia que no cejará en su tarea hasta dar una respuesta. Paseo entre el amor y la muerte, con el otro tema clásico, la vida, preguntando por su cometido en este drama. La vida, posibilidad y recipiente de los temas acompañantes, se regocija y sufre con sus compañeros de viaje, que la ensalzan o denigran, de acuerdo con la fortuna o el infortunio que deparen los acontecimientos.

La figura de Alicia se confundía con el aroma de azahar en una fusión delicada, placentera, que deseaba perdurar en el tiempo y preparaba mi voluntad para la respuesta adecuada, la que abriera la puerta a una cierta felicidad a la que estaba a riesgo de dar la espalda.

En los bancos de madera que rodean la plaza, aprecié una figura familiar enlazada con otra desconocida, unidas por los labios. Tras los besos, ella descansaba para recobrar fuerzas en el pecho del amado y, después de un breve tiempo, retomaban el contacto de los besos y las caricias de las manos.

Me acerqué con sigilo para no perturbar la intimidad de enamorados al arrullo de las hojas y del aroma de los naranjos. Ella notó mi presencia asustada, que a esa hora de la madrugada toda presencia ajena suele ser mala. Después se puso en pie y avanzó hacia mí, sonriente, sonrojada. Se trataba de Belén.

—Hola, Agustín. ¿Qué haces solo por la plaza a estas horas?

—Hola, Belén. Acabo de llegar de un homenaje, solo caminaba y aspiraba el azahar antes de ir a la cama.

—Ven, te presento a Carlos, el novio del que te hablé —dijo, añadiendo en voz baja para que solo yo lo escuchara—: Nos hemos reconciliado.

Saludé al muchacho que en su momento no dio la talla y que ahora parecía dispuesto a darla. Me miró con cara extraña. Ella lo tranquilizó mediante datos convencionales, que permiten hacerse una idea sobre la relación que manteníamos cuando él aún no se decidía a aceptar a Belén con sus circunstancias.

Seguro que Belén guardaba afectos escondidos por este muchacho, afectos que no mencionó cuando caminamos cerca de la playa; quizá por un momento pensó en mí como candidato para reemplazarlo, y yo en ella como respuesta a mi carencia.

Quedó claro que yo no podía sustituir nada porque su corazón esperaba; estaba ocupado, no tenía libre una plaza para un sujeto triste con la camisa manchada, el pelo despeinado y el pantalón raído por rodar por una calzada. No hubo mucha desilusión; una pequeña espina de Narciso fue fácil de arrancar y dejar la esperanza de mis afectos a la incierta decisión de Alicia.

XI

—Comparto sus conclusiones, inspector. Entiendo que usted las tenga por provisionales, porque forman parte habitual de los procedimientos policiales, pero para mí son definitivas. Espero que para mis tíos y mi prima también lo sean, aunque les duela aceptar estos aspectos odiosos de la conducta de Gabriel. Con el tiempo se resignarán, conservarán las partes buenas y agradables, y enterrarán los recuerdos lamentables.

—¿Conocía usted estos aspectos de la vida privada de su primo?

—Algo sospechaba, pero no me gusta mirar donde presumo la existencia de algo que no apruebo. ¿Me entiende? Me refiero a los temas privados, la vida sexual, las amistades. No me meto, prefiero quedar al margen, no saber nada. Cada cual que cargue con su responsabilidad, con lo que se ha buscado.

—¿Piensa que Gabriel se merecía este final?

—No, inspector, no hile tan fino y tergiverse mis palabras. Nadie merece morirse joven, y menos de esta manera. Le repito que yo quería a mi primo. Me refiero a la afirmación de San Pablo: «No os engañéis, de Dios nadie se burla. Todo lo que el hombre sembrare, eso también segará. Si sembramos para la carne, de la carne recogeremos corrupción». Sabía dónde se metía. Una consecuencia triste, pero lógica. También a mí me entristece y resulta desagradable comunicar la noticia a amigos y clientes.

Sus palabras de censura hacia la conducta de Gabriel ponían de manifiesto que Fernando Centeno había perdido la sensibilidad hacia su primo, que se alejó de él como un desconocido. Ignoraba cómo era, cómo sentía, cómo era el pálpito humano que en su pecho latía. En esta condición a la que su desprecio lo reducía, era más fácil dañarlo, rebajarlo en su identidad, tenerlo por apóstata, perverso, como el cuerpo abyecto del que hay que liberarse.

—¿Conocía usted a Albert Gallagher?

—¿Al amiguito de Gabriel que usted mencionó? No, nunca me lo presentó y yo no frecuento los mismos ambientes que mi primo ni que Paco Alcalde, que cojea por el mismo lado.

—Me han informado de que tuvo una fuerte discusión con su primo en el restaurante de Almería donde comieron juntos por última vez.

—Sí, así fue. Discusiones como esa hemos tenido muchas veces con otros testigos delante. En aquella me sacó de quicio. Era intolerante, no veía las oportunidades y perdí los papeles. Lo confieso y me arrepiento por ello. Si viviera, le pediría perdón, se lo aseguro. Es una espina que ha quedado clavada dentro.

—¿Se trataba de un negocio importante?

—Trascendente para el momento por el que pasamos. Le daré un ejemplo: como si un familiar se asfixiara y usted pone reparos para acercarle la mascarilla con el oxígeno. ¿Me entiende? De ahí mi enojo y mi reacción airada.

—Lo oyeron decir «ojalá te mueras».

—Un exceso, una pasada por la ira, no un deseo real. Inspector, mire para otro lado que por este no enciende el puro.

—Entiendo, señor Centeno, disculpe si lo he molestado. Necesitaba hablar con usted para cerrar el caso.

—No se preocupe. Me tiene a su disposición. Seré el primero en alegrarme cuando todo vuelva a su cauce y Gabriel y nosotros podamos descansar en paz.

Abandoné el edificio con varios puntos abiertos que debía aclarar con las entrevistas pendientes.

El señor Centeno está acostumbrado a poner la puntuación, definir el sentido de las cosas y el significado de los acontecimientos como una interpretación cerrada, sin otras posibles, a conveniencia de sus intereses y visión del mundo. Esta posición ofusca, ofende, pero al mismo tiempo se delata, porque diferentes posibilidades turban su ánimo, el adormecido estado que piensa asegurado.

El investigador debe huir de esta celada, configurar los escenarios diferentes que el soberbio descarta, ridiculiza, pero también teme, porque, en una parte de su alma, conoce su flaqueza y, a escondidas, vive al margen de lo que defiende en los escenarios abiertos, donde es necesario mantener la reputación, el mito de la coincidencia entre el hombre público y el privado.

En la comisaría, Gallagher me esperaba. Alicia no estaba; pidió un día libre para asistir a una actividad de fin de curso de Pablo en la escuela. En su lugar, el cabo Prieto lo pasó al despacho, cerró la puerta y se puso al servicio del caso por si necesitaba algo.

—Buenos días, señor Gallagher. Ha cumplido con su compromiso. Se lo agradezco. Es enojoso salir a buscar a los entrevistados.

—Es mi obligación. Estoy a su disposición.

—Esta es la copia transcrita de la declaración recogida con mi grabadora en su casa. Lea con detenimiento para saber si corresponde con lo dicho, si existen expresiones que desee modificar o si se ratifica en todo el texto. Tómese su tiempo, es importante.

Gallagher lee cada párrafo con centrada atención; quiere asegurar que no exista ninguna frase que lo comprometa. Domina el español. Conoce el habla coloquial hasta el punto de que expresiones vulgares se deslizan en su lenguaje. Mientras lee, parece meditar; distrae la mirada de la página escrita en papel oficial para dirigirla hacia un mueble, hacia la ventana o hacia mí, como una mirada perdida que traspasa el objeto en el que se fija para centrarse en sí mismo, en el diálogo interno en el que el yo se desdobla en defensor y acusado para salir bien parado del mal trago.

—Ya he terminado, inspector. Me parece correcto lo que está transcrito. No añado ni modifico nada. ¿Tengo que firmarlo?

—Sí, a pie de página o en los márgenes, en cada una de ellas, por favor. Una pregunta más quiero hacerle: ¿conoce usted a Fernando Centeno, primo de Gabriel?

Gallagher titubeó unos instantes; quedó con la mirada fija en la página, sin mover el bolígrafo con el que firmaba. Se recompuso y levantó la mirada, con la respuesta preparada:

—No, no lo conozco. Manteníamos una relación al margen de la familia. No me presentaba a nadie, tampoco a los amigos, salvo a Paco, como sabe. Un hombre de su condición prefería mantener en la clandestinidad sus inclinaciones. Yo respetaba su decisión y me conformaba. Todavía queda mucho que hacer para el reconocimiento social de las minorías señaladas. Quisiera hacerle una pregunta, inspector, más bien pedirle un permiso.

—Adelante, dígame.

—¿Puedo desplazarme a Madrid un par de días para un asunto personal? Ver a mis padres, que visitarán algunas ciudades de España. No vienen a Málaga porque la conocen bien y prefieren otros lugares. Estaré dos días con ellos y regresaré sin falta, por los estudios y el trabajo que no puedo perder.

—Puede hacerlo, no está detenido. Pero le agradezco que, por el momento, me mantenga informado de sus movimientos hasta que el caso se cierre.

—Gracias, comisario. Así lo haré.

Abandoné la comisaría en dirección a la casa de Magdalena Jiménez. Concerté una cita con ella a la que también acudirían sus padres. Decidí informarlos del curso de la investigación, que era contrario a sus suposiciones, con el fin de movilizar, si existían, otros datos reservados que no se explicitaran durante las primeras entrevistas. Investigador e implicados dosifican lo que saben, lo que sospechan, para no precipitar la explicación sobre lo ocurrido, sino que cada nuevo dato encuentre el lugar adecuado en el que encaje y llene el vacío de significado de otros aportados en diferentes momentos de ánimo, de interés, de presiones recibidas o de resignación ante las evidencias que se imponen.

No se trata de ocultaciones ni de falsedades, más bien de estrategia, de una espera obligada hasta que no se ha ganado la confianza suficiente para depositar otra información, confesar una cautela, algo sensible que puede dañar a otro y ocasionar una tormenta de consecuencias imprevistas.

Acepté la presencia de los padres, que modularía los afectos aparecidos por ambas partes en la relación con Magdalena. La comunicación no se resume en un intercambio de palabras que informan de una manera razonable con aspiración de objetividad, sobre lo que se piensa o se siente; además, vehiculiza otros estratos de intenciones, quizá, más expuestos a malentendidos o sobreentendidos, pero tan ciertos y activos como los primeros, a través de los cuales se proponen relaciones de afecto, de sometimiento, se trasladan soberbias, miedos, ternura, confianza, rechazos, envidias, celos, una amplia amalgama de propósitos que viajan de un interlocutor hacia otro y provocan efectos, cambios en las expectativas, señuelos, ruegos, seducción, desapego, frialdad, aceptación, y que regresan cargadas de réplica con propuestas similares.

Es necesario para un investigador no implicarse en exceso, no tomar parte, aunque en apariencia se esté con la víctima, pero cuidarse de los argumentos, no sea que se perjudique a un inocente al que los familiares tengan por culpable o inductor directo o indirecto de los hechos criminales. Tampoco se debe descartar que tengan su montante de razón. La necesaria neutralidad no debe convertir en capcioso lo que puede ser cierto, ni rechazar razones por el envoltorio de sentimientos con el que se presentan.

Magdalena me atrajo, y me atrae, como atrae alguien interesante, sufriente, que despliega un atractivo inusual oculto bajo el descuido deliberado de los rasgos que la favorecen. Con sus palabras transmitía una propuesta de delicadeza, refinado cultivo, amor por la belleza, dolor por el golpe mortal sufrido, indignación y una voz que yo solo percibía, que me musitaba al oído una queja de soledad y un llamado al cariño. Confirmé mi impresión con el abrazo, con el beso recibido, con la presión de su mano sobre mi brazo recogido, mientras croaban las ramas en la alberca repleta de musgo florecido. Si he de ser sincero, de mi voz modulada, de las palabras escogidas que pronunciaba, le comunicaba mi respuesta, mis temores, mis anhelos: anhelo por seducirla, temor por el abismo que separaba nuestros mundos con una distancia insalvable, tristeza por no ser el que ella quisiera que hubiera sido.

Con la iniciativa de Alicia, mi corazón se temperaba convencido de entrar por el umbral de un amor posible, sereno, maduro, perdurable, experimentado en errores, capaz de acompañar las penas y los sinsabores; acaso, el amor constante más acá de la muerte al alcance del polvo enamorado. Estaba resguardado de tentaciones vanas con esta mujer por la presencia de otra que me llamaba a su cuidado. Podía actuar de modo eficaz en el caso, responder a su interés prioritario, salvarme de propiciar engaños, de construir en la mente de otros una identidad espuria y falsedades.

—Señora Centeno, señor Jiménez, Magdalena, gusto en verlos.

Saludé con la mano extendida, que se apresuraron a estrecharme. Me guiaron al salón con el té frío preparado, las servilletas plisadas y los vasos de porcelana a juego con la tetera. El matrimonio se sentó primero en el sofá de dos plazas y Magdalena en uno de los individuales a mi lado izquierdo.

—Tome asiento, el gusto es nuestro.

Invitación a sentarme porque era el único que quedaba de pie.

—¿Tenemos novedades, inspector? —rompió el hielo inicial el señor Jiménez, para entrar sin dilación en el asunto.

—Antes de responder a su pregunta, les ruego que me aclaren algunas dudas que han surgido tras la declaración de su sobrino Fernando.

—¿A qué dudas se refiere?

—A la situación financiera de la empresa. Creo necesario conocer este dato para hacerme una idea de la intensidad del desacuerdo entre Gabriel y Fernando del que hay testigos.

Los padres se miraron para obtener la mutua aquiescencia para poner al descubierto materia reservada. Magdalena llenó los vasos de té, descansó su espalda en el respaldo, permaneció en silencio, serena, sin temor a la revelación del misterio, que para ella no lo era, o no le daba la trascendencia de los padres, más celosos en preservar la intimidad.

—Mire, como todas las empresas, pasamos por momentos de dificultad, porque los gastos se mantienen: salarios, impuestos, mantenimiento de los inmuebles, de maquinaria costosa, viajes, proyectos que se preparan y no siempre salen adelante. Necesitamos un mínimo de obras en ejecución para mantenernos. Debido a que dos proyectos importantes concedidos a nuestra empresa han quedado paralizados por desacuerdos en las corporaciones municipales que los licitaron y están a la espera del dictamen del juzgado, la entrada de fondos se ha resentido. Fernando ve en la concesión del proyecto de Almería una solución de urgencia; Gabriel se oponía porque el fondo no le merecía confianza y argumentaba que colocaría a la empresa en una peor situación financiera porque acabaríamos comprometidos con las obras, pero a expensas de impagos. Pensaba que con algún préstamo y unas obras menores para financiarlos podríamos superar la mala racha. Fernando se opuso y así lo manifestó en el consejo de administración. Consiguió que le diéramos la última oportunidad con una reunión en Almería con los representantes de los fondos y los técnicos, a la que acudirían los dos y que, después, se pusieran de acuerdo. Hasta ahí lo que nosotros sabemos.

—Yo sé algo más, inspector, que mi hermano me comentó la última vez que nos vimos. Fue hace cosa de un mes, cuando almorzamos aquí y pasamos la tarde juntos.

—La escuchamos, Magdalena.

—Fernando estaba más comprometido de lo que el consejo de administración conocía. Recibió como anticipo una importante suma de dinero con la que pagó algunas deudas apremiantes. Obró de manera unilateral sin contar con la opinión de mi hermano y la aprobación por parte del consejo. Gabriel me dijo que estaba angustiado, fuera de sí; no consideraba las reticencias que mi hermano tenía para el negocio, porque la firma supondría que la empresa se comprometía a terminar la obra y el pago se realizaría más tarde con nuevos fondos que negociaban y que mi hermano veía como improbables: la empresa actuaría bajo un riesgo inaceptable.

—¿Conocían ustedes este aspecto del asunto?

—No, Fernando nos lo ocultó, al menos a nosotros. No sé si sus padres lo saben, pero se ganó su confianza para que no nos dijeran nada y esperaran a que todo se resolviera de forma favorable. No quiero pensar otra cosa.

—Otra pregunta, si me lo permiten.

—Adelante.

—¿Conocen ustedes a un tal Albert Gallagher?

—No, inspector —respondió Magdalena.

—Tampoco nosotros. ¿De quién se trata?

—Del último amigo, compañero, no sé definirlo bien, con quien estuvo Gabriel el día de su fallecimiento.

—¿Qué pretende decir? Hable con claridad, se lo ruego.

—Un compañero sexual, un amante ocasional.

Magdalena salió en mi rescate. No resulta sencillo descubrir lo que los interlocutores quieren mantener oculto, expresar lo que no quieren saber, conocer lo que han decidido mantener ignorado. A ningún padre ni madre le gusta que hablen sobre sus hijos, más aún si a su parecer mancha la imagen pública con el sello de la burla y es objeto de mezquindades. De boca de la hermana, de la que nadie duda de su amor, es más tolerable, menos punzante, porque no cede el amor, aunque confiesa que no todo era como ellos pensaban o deseaban que fuera. De un extraño se recibe con más recelos, con enojo, por ver descubierta una faceta que juzgan vergonzosa, por otro cuyo juicio es parcial, incompleto, que ignora todo de Gabriel y parece centrarse en una conducta íntima que a él solo pertenecía y a él solo le interesaba.

—Papá, mamá, Gabriel era homosexual y no se avergonzaba de serlo. Lo mantenía con discreción, por vosotros, sobre todo porque sabía que os resultaría difícil comprenderlo y temía vuestro rechazo; por eso prefirió el silencio. Conmigo lo hablaba desde pequeño; por lo demás, todo lo que sabéis de él era cierto: que era bueno, inteligente, brillante, bello. Además, buen hijo que prefirió callar, simular, para evitaros sufrimiento.

Permanecieron callados, quietos, como si el juego hubiera quedado al descubierto, porque ellos lo sabían desde hace tiempo, no decían nada, aparentaban no saberlo; con él no hablaron nunca de novias, de amores secretos; el pudor de la intimidad les puso freno. Sin embargo, mantuvieron en valor las demás capacidades de su hijo, como si el silencio fuera una forma de respeto, de no interferir en lo que quedaba lejos para su comprensión, pero no censuraban por temor a perderlo o dejarlo desprotegido ante la crueldad del juicio ajeno. Los miraba y ganaban en crédito; comprendí que existen varias formas para aceptar: la explícita, la del orgullo, la que reivindica los derechos y otra, tímida, quizá incomprendida, que todo lo acepta, lo entiende, pero guarda silencio. Pudiera ser que no exista enigma en su muerte ni maligno misterio, nada más que las consecuencias de la vida en secreto.

—Gracias, inspector. Nos alegramos de que sea usted quien lleve el caso.

Me despedí de ellos en la sala; Magdalena me acompañó hasta la entrada, sujeta de mi brazo, como una escenificación del apoyo que sentía, relajada, porque hoy se habló de lo que nunca se hablaba y se abrió una puerta de confianza con los padres que hacía posible un mejor duelo, una compañía sin menciones prohibidas, sin el consuelo de una memoria manchada o mutilada de una parte de la vida, sino una memoria íntegra, plena, que fuera justa con el recuerdo que merecía su hijo.

Magdalena abrió la puerta, extendió su mano, que agarré, y, por un instante, quise prolongar el contacto con esta mujer con la que podía hablar sobre culturas pasadas y presentes, sobre historias que se imaginan o investigan, como la vida de Gabriel, sobre lenguas muertas que resucitan en la genealogía de las palabras que pronunciamos, sobre la arqueología del conocimiento, y nos ayudan a saber los motivos que tenemos para pensar como pensamos.

Nos dimos un sentido abrazo y un hasta luego que supo a despedida definitiva, porque los lazos que parecían poder unirnos eran débiles y pasajeros. Desde entonces, un número indefinido de palabras ha quedado ligado en mi mente a Magdalena. Cuando las oigo, pronuncio o leo, aparece su figura esbelta y elegante. Entonces imagino que camina por la calle, poda los rosales o lee un libro de relatos, sentada en su sillón al caer la tarde.

Dos días más tarde, recibí la llamada de Paco Alcalde, interesado en saber si había dado con el paradero de Gallagher. Mencioné parte de lo ocurrido y que el caso iba camino del accidente como explicación más probable, plausible y, acaso, mejor para el recuerdo. Sin entrar en detalles, hice referencia a los encuentros con la familia, en la línea de tranquilizarlos y escuchar su desconsuelo. Cuando pronuncié el nombre de Fernando Centeno, me interrumpió:

—A ese no creo que le haya dolido mucho, no lo podía ver. A mí tampoco. Nos despreciaba. Gabriel tenía que tratar con él a la fuerza, por los negocios, pero lo pasaba mal. Un día por poco le pega al chico Gallagher porque lo sorprendió en la casa de Gabriel, en ropa interior, cuando le llevaba unos documentos para firmar.

—¿Conocía Fernando a Albert?

—Desde luego, esa que le comento no fue la primera vez. En una ocasión coincidimos en un restaurante. Yo almorzaba con Albert y Gabriel. Llegó con unos amigos, se acercó, hizo un gesto de balanceo con el dedo, como una acusación o una burla, no sé exactamente su intención, y se marchó sin dar un saludo.

—¿Algo más puede decirme sobre Albert?

—No me da buena espina ese muchacho. Lo veo interesado, atolondrado. No sé si se está pasando con la coca.

—Está cursando un máster.

—Falso, no estudia nada, busca contactos que lo mantengan, es astuto, siempre gente bien situada.

—Entiendo, Alcalde, gracias por llamarme.

Ordené el seguimiento de Gallagher y Centeno: lugares comunes, posibles encuentros, planes ocultos, disimulos.

Los seguimientos son duros, pasan horas sin fruto, ociosas, muertas, sin aparente sentido. Las noches de desvelo, los días perdidos en espera del dato trascendente que no es seguro, porque la sospecha puede ser falsa, aunque los resultados negativos tienen su peso, desechan ideas y permiten la apertura de hipótesis nuevas. La explicación más sencilla es la más probable; si coincide con la más maliciosa, añade posibilidades. Existía un acuerdo, una complicidad entre los dos, porque ambos negaron conocerse, cuando en varias ocasiones coincidieron. Cuando algo se oculta, una culpabilidad suele estar en su base, algo que no conviene que se sepa, que teme someterse al principio de publicidad, porque se sabe inmoral, indefendible.

Por el momento, quería evitar un enfrentamiento de los dos con Paco Alcalde para observar cómo se defienden de las evidencias que aporta un tercero sobre los encuentros y las explicaciones que dieran a la decisión de ocultarlo. No quería asustar a Alcalde, no fuera que cerrara la boca por miedo y se retractara.

Era necesario obtener pruebas policiales directas de su relación que dieran validez al testimonio recibido, que podía ser interesado y falso para perjudicar a otro por resentimiento y deudas pendientes.

Los agentes pudieron aportar, consumidas las dos semanas de vigilancia que autorizó el comisario, una sola coincidencia indirecta: ambos compraron pasajes de avión en la misma agencia de viajes. Me personé en la agencia para conocer los pormenores de los pasajes. El agente se mostró reticente a proporcionar la información. Tuve que identificarme para conseguirla.

Se trataba de un viaje a Madrid en el mismo vuelo. Fernando adquirió un billete de regreso para la tarde de la misma fecha. Gallagher regresaría dos días después.

Llamé a Alicia para convencerla de que ella hiciera el seguimiento —levantaría menos sospechas—, que ocupara una plaza en el avión, siguiera sus pasos en el aeropuerto, hiciera fotografías, si presenciaba un encuentro, y tuviera capacidad para ordenar una detención si comprobaba alguna irregularidad de peso.

—Ahora te llamo para confirmar si puedo, si consigo dejar a Pablo al cuidado de mi hermana.

Noté en ella un deseo por recuperar actividad, por alejarse del trabajo asignado que le fue útil como una estación de espera y, ahora, parecía agotado y que ella recuperaba energía e ilusión por su trabajo. Quizá una progresión en su duelo, un atisbo de permiso de la conciencia escrupulosa para aceptar que la vida no es pura, que la persona moral convive con desgarros de la virtud que se doblega mancillada ante el avance impetuoso del mal. Por la grieta abierta hacia la vida, es posible que encontrara un lugar en su corazón reservado para mí.

Diez minutos tardó en confirmar su participación. Compré el billete en la misma agencia, pagué el suplemento que permite seleccionar asiento, para que Alicia quedara detrás de ellos, en un lugar que pudiera seguir sus movimientos sin levantar sospechas. Alicia proporcionó la información restante.

Aterrizaron a la hora prevista; Gallagher, situado delante, salió primero con una maleta de cabina como equipaje de mano. Más tarde, Centeno abandonó la nave, provisto de un portafolios y un maletín de ejecutivo viajero. No se buscaron con la mirada, caminaron ligero por los largos pasillos.

Alicia subió a las cintas mecánicas para recuperar terreno y no perderlos de vista. A la salida del aeropuerto, en la parada de taxis, se acercaron, intercambiaron unas palabras que Alicia no pudo descifrar; Centeno entregó la cartera a Gallagher y retrocedió.

Dejó de tomar fotografías, se identificó ante un agente del cuerpo y ordenó la detención de Gallagher y recuperar el portafolios. Los agentes le ordenaron que los acompañara a la oficina de registro y detenciones. Gallagher, con la cabeza baja, no opuso resistencia. Alicia iba detrás; prefirió esperar a la tarde para detener a Centeno, cuando tomara el avión de regreso y no interfiriera con el interrogatorio del irlandés.

—Soy la oficial Zamora de la Policía Nacional. Su documentación, por favor. Deje el portafolios sobre la mesa.

Comprobó su identidad y, acto seguido, abrió el portafolios, que contenía cincuenta mil euros en billetes de cincuenta. Pidió a los agentes que volvieran a contarlos y levantaran atestado de la detención y del dinero.

—¿De dónde procede este dinero?

—De un amigo que me lo ha pasado para que lo invierta en un fondo de Irlanda.

—Por favor, deme los datos del fondo de inversión al que se refiere.

—No dispongo de los datos, son temas de finanzas que dejaré en manos de asesores.

—¿No sabe que la circulación de inversiones en efectivo es un delito?

—Creo que es dinero negro y por eso no lo ha transferido. Solo soy un mensajero.

—¿Quién se lo ha proporcionado?

—Fernando Centeno, empresario.

—¿Cuál es su relación con este señor?

—Soy amigo de su primo. Él nos presentó y, como soy irlandés, me ofrecí para ayudarlo.

—Le va a caer una buena, amigo, por delitos contra la hacienda pública —le dijo para preocuparlo, introducir una tensión entre una confesión favorable y guardar silencio que beneficie a otro a costa de perjudicarle—. ¿Y lo recibe usted así, sin más, sin documentos que acrediten que no le pertenece?

JOSÉ RAMÓN BOXÓ CIFUENTES

—Bueno, me lo debía por un trabajo.

—¿Qué trabajo se paga tan caro, señor Gallagher?

—Un tema personal. Mejor hablen con él.

—Llame usted a un abogado, porque se ha metido en un buen lío.

—No conozco a ninguno —dijo llorando, derrotado y asustado—. Yo no quería hacerlo, pero las circunstancias me obligaron.

—¿Qué no quería hacer, señor Gallagher? ¿A qué se refiere?

—Necesito un abogado, búsquenlo, por favor, o hablen con Centeno, él me ayudará a buscarlo.

Esperaron hasta la tarde en las dependencias policiales, sin traslado, hasta que llegara Centeno para confrontarlos y seguir el procedimiento reglamentario. Fernando Centeno apareció con tiempo para el vuelo. Tranquilo, ajeno a la detención, inconsciente del derrumbe de los planes que suponía cerrados. Alicia salió a su encuentro, placa en mano:

—¿Señor Fernando Centeno?

—Sí, soy yo. ¿Ocurre algo importante?

—Soy la oficial Zamora; haga el favor de acompañarme a las dependencias policiales.

La siguió en silencio, sin percatarse de que dos agentes vestidos de calle venían tras ellos. Entró y tomó asiento.

—¿Cuál es su relación con Albert Gallagher?

—Escasa, es un intermediario para una inversión en Irlanda. Nada más.

—Una inversión clandestina. Gallagher ha sido detenido como portador de una cantidad de dinero sin aclarar su procedencia. Declara haberlo recibido de usted como pago de un trabajo, de una cuenta pendiente. ¿A qué cuenta se refiere?

—No quiero declarar sin mi abogado presente.

—Está en su derecho. Llámelo. Lo acompañaremos hasta Málaga.

Gallagher quedó detenido en Madrid, pendiente de traslado al juzgado de Málaga. Centeno regresó en el vuelo previsto, custodiado por Alicia. A la llegada al aeropuerto, los esperaba junto con el abogado. Quería que viera mi rostro, al inspector que había engañado, mentido en su declaración. Saludó sin mediar palabra, con un gesto de la cara. Nos dirigimos hacia el juzgado donde el juez tomó declaración. Centeno se reafirmó en el relato de la inversión y en que el único trabajo que debía a Gallagher era hacer de intermediario.

Aceptó que el negocio era irregular, que merecía una multa, una sanción, pero se desvinculó de una relación con la muerte de Gabriel en la que Gallagher hubiera intervenido. No contaba con el punto débil del plan.

En Madrid, Gallagher había confesado: recibió una propuesta de Fernando Centeno para simular un accidente, una sobredosis de su primo que él se encargó de suministrarle después de los juegos sexuales, por el recto, para que Gabriel no tuviera control sobre la dosis de cocaína que le administraba. Al verlo, tembloroso, asustado, con taquicardia, dolor en el pecho, los ojos inyectados en sangre, se arrepintió, quiso enmendar la situación y le proporcionó varias tabletas del tranquilizante para contrarrestar los síntomas, según pensaba. Gabriel perdió el conocimiento; pensó que dormía, recogió sus cosas y se marchó. Unos días después recibió la noticia de la muerte de Gabriel. Instó a Centeno a que le abonara el dinero para que no lo implicara en el asunto.

Con la declaración de Madrid, Centeno pasó de investigado a inculpado. Las fotografías con la entrega del dinero, la cantidad no declarada, la inexistencia del fondo de inversión, la ausencia de vinculación laboral con Gallagher por la que le debiera dinero, suministran indicios claros de la existencia de una complicidad con él. La declaración de Albert estrecha la relación lógica entre el gesto homicida y su inducción y financiación, aunque no lo establece de modo definitivo.

Centeno sostiene que dio el dinero a Gallagher para que se alejara de su primo, lo dejara tranquilo, porque no aceptaba el comportamiento sexual de Gabriel, la reputación que diera a la familia y la empresa; que nunca insinuó su muerte, que fue un accidente por sobredosis, riesgos de los juegos en los que drogas y sexo se mezclan con peligro, sin control, sin responsabilidad.

Días después, Gallagher modificó su declaración en la línea de Centeno. Alegó miedo, confusión del momento y presiones de la Policía. Para salir del atolladero, recurrió a cargar a Centeno la responsabilidad del plan siniestro. El homicidio premeditado pasó a accidental por imprudencia grave. Redujo su condena a tres años y seis meses por no asegurarse de que el fallecido requería de auxilio sanitario.

Centeno quedó libre de cargos, al corroborar el otro implicado su explicación de los hechos.

De acusación por inducir un asesinato, quedó en un común gesto de homofobia y horror al descrédito social. Sospechamos un acuerdo entre letrados con una compensación posterior cuando termine la condena. La habilidad de los letrados redefinió los indicios hacia un relato favorable para los acusados.

Centeno es aplaudido desde las filas reaccionarias por su gesto protector en la liberación de su primo: el agua vuelve al cauce del que nunca debió haber salido.

—¿Qué opina usted, inspector, sobre el resultado del juicio? —pregunta Magdalena tras recibir el veredicto.

—Como la historia, Magdalena, las cosas no son como ocurren, sino como se cuentan. No siempre el acontecimiento revela su pasado; en muchas ocasiones, lo encubre como si, aun traspasado el umbral de la muerte, el pudor a manifestarse persistiera. Los protagonistas, Gallagher y Centeno, tienen un conocimiento particular y privilegiado que reservan sin fisuras aparentes. Ni siquiera la víctima, Gabriel, sabe mejor que ellos el motivo por el que ocurrió su muerte. Los que sufren las consecuencias muchas veces se quedan sin respuestas satisfactorias; una incierta congoja, una sospecha de engaño, alimentará su pena. ¿Cómo están sus padres?

—Mal, apenados. La memoria de su hijo ha quedado mancillada, ridiculizada. Si lo mataron, se queda sin justicia. No aceptan la actuación que Fernando ha manifestado. Se han dado cuenta del riesgo que supuso rechazar o no aceptar de forma abierta la orientación sexual de Gabriel, sino colaborar con lo que dice Fernando, para mantenerla como algo secreto, vergonzoso. Se culpan de haberlo condenado a la clandestinidad.

—Entiendo, en el análisis de nuestros errores existe sabiduría. Lamento que la forma de aprendizaje sea tan dolorosa para ellos y para usted, que fue su confidente, su aliada, su hermana. Ayúdelos, creo que tiene poder para hacerlo.

No estoy seguro de que Magdalena sea capaz de convencer a sus padres de que el mundo está regido por un orden racional donde todo tiene sentido y explicación. No sé si este atisbo de racionalidad diferida, en espera de su manifestación completa, consuela, desespera o confunde. Si despierta iras reprimidas por la fe que se obstina en una teodicea que explique que en el mundo de Dios prospere la maldad. Podrá escuchar la queja y unir la suya a la de ellos como un dolor solidario que los acerca. No sé, los mismos lamentos por el dolor inveterado del mundo me afectan y comprometen.

Nos despedimos con un abrazo y los últimos roces de las mejillas. La vi alejarse despacio, con esfuerzo. Reprimía el impulso de retomar la conversación sobre los godos y nuestros encuentros, hasta salir del recinto de los juzgados a través de la cancela de hierro. Una última mirada unió nuestros ojos antes de que desapareciera de mi vida para siempre.

XII

—¿Decepcionada? —pregunté a Alicia mientras tomábamos un refresco y una tapa a la salida del trabajo.

Caí en la cuenta de que era la primera vez que aceptaba perder algo de tiempo con un compañero. Lo habitual es que tuviera prisa, ajustado su tiempo, como quien no tiene ayuda para llevar una casa y un hijo pequeño. Lo agradecí de corazón, porque, desde que estuvimos juntos, no habíamos hablado ni valorado lo ocurrido, si había sido el inicio de una relación o un encuentro momentáneo sin continuidad posible por falta de voluntad, de interés o ausencia de afecto.

—Un poco. En lo íntimo, no se puede evitar la inclinación por una opción dentro de las posibles. Confieso que no me termina de convencer la versión que se ha dado por válida, porque el fallecido podía dejar al chico en cualquier momento, no necesitaba de la protectora intervención de un primo con el que guarda distancia y enfrentamiento.

—Murió porque se lo buscó y su magnánimo primo no pudo evitarlo, aunque lo intentó. No existe enigma ni misterio, solo las consecuencias de su conducta cuestionable y abyecta. Suena duro, pero este es el resumen que me llega. Existe en la judicatura una tendencia conservadora por decantarse por la explicación que respalda valores tradicionales y se escandaliza con los que la tradición mantiene censurados. En año y medio estará en la calle, y Centeno como presidente cofrade, quizá convencido de que actuó bien, aunque con desmesura, porque protegía el bienestar de la familia y limpiaba un poco la tierra de indeseables.

—Así es, no te hagas mala sangre.

—No me la hago, estoy acostumbrado. Siento que la familia pase este nuevo mal trance, porque he descubierto en ellos algo sano, sincero, detrás de la fachada de ricos promotores y familia de abolengo. Los prejuicios afectan a todos los grupos sociales; nadie se libra de ellos. No sé cuál será el rumbo que los padres tomarán para apaciguar su pena. Si persistirán en la esperanza retributiva del juicio final para los que han cometido un mal y no son castigados, o si serán capaces de acceder, amparados por su devoción, a un perdón puro, sin condiciones, cuya finalidad sea comprender, no vengar, porque, tal vez, cuando más nos parecemos a Dios es cuando perdonamos. No sé si esta opción los haría sentir menos desgraciados y el sufrimiento actual será una transición, amarga y pasajera, que los prepara para una felicidad posterior. Si darán las gracias al cielo porque ahora han comprendido mejor a su hijo y a los hijos de cualquiera, y rechazan el mal que vivía en ellos como una latencia que rechazaba a quien amaba sin darse cuenta del daño hasta que fue tarde. Duro aprendizaje. Te comento esto a ti, con la voz temblorosa y baja, porque no me atrevo a explicar el mal padecido por otras personas; prefiero guardar un solemne silencio y acompañarlos durante un tiempo, el que dura el caso.

Alicia escuchaba atenta, reflexiva. No aceptaba mis razonamientos sin pasarlos por el tamiz de la crítica, de las posibilidades no contempladas, de lo que una afirmación deja fuera de ella sin explicación o a la deriva del clamor por una justicia que compense, en alguna medida, la pérdida.

—Te agradezco que me pidieras participar. Me he sentido útil, implicada en algo interesante. Creo que voy a pedir un cambio de actividad, algo más comprometido, con mayor contacto humano, aunque a veces sea difícil el trato con la gente, los delincuentes, las pandillas de barrio, pero, en fin, a esto me dedico y para esto me he preparado. El perdón al que te refieres se caracteriza por la dificultad de su aplicación. La persona que se decante por él habrá realizado un recorrido anímico y moral excepcional, por lo que no es posible generalizarlo como norma social. Por el momento pienso que nuestra obstinación debe responder a una posibilidad más cruda: que el culpable lo pague.

Me detuve ante sus palabras. Ella se debatía en un duelo constante. Quizá aún no había alcanzado la serenidad necesaria para perdonarse y desatar el alma de los grilletes de la culpa que podía obrar como la penalización que quería pagar por la muerte de aquel joven. No sé y, como no sabía, no quise indagar más en ese momento y regresé a señalar los actos, las acciones que despejan el camino hacia los sentimientos.

—Me alegra verte de buen ánimo —comenté, inseguro de las consecuencias de mi pregunta, porque ¿para qué preguntar, si se teme la respuesta?—. No quiero importunarte; no respondas si te incomoda o no es el momento adecuado. Desde aquella noche espero una respuesta que me ayude a resolver interrogantes, si puedo alimentar una expectativa de relación contigo, o si tu interés no excede de un momento, hermoso, bueno, que desaparece cuando muere el deseo.

—No molestas, es natural que te hagas estas preguntas. Yo también me las hago y espero contestarlas si me das tiempo;

no me presiones, no me pidas que esto vaya a un ritmo que no quiero. Me gustas, es verdad, no lo niego. Quizá gustar no sea la palabra adecuada; más bien voy más allá, o más acá, nunca se sabe. Me das seguridad, me siento respetada, me atrae tu manera de pensar, de actuar, de mantenerte alejado de la vanidad; en definitiva, creo que te quiero en mi vida. Pero está Pablo; no quiero imponerle la presencia de nadie, que se vea obligado a modificar la vida que lleva conmigo, nuestra camaradería, la complicidad, por la entrada de otro en el juego que tiene sus formas, sus derechos; tú, además, tienes otro hijo de su edad con una madre detrás. ¿Qué opinas?

—El amor que merece la pena sabe esperar, recibir a la otra persona con su historia, sus cargas, su responsabilidad. Respeta su forma de vida. No viene como un ciclón destructivo que quiere organizar todo a su modo. Ambos tenemos hijos, nuestra principal dedicación; a ellos nos debemos. Podemos seguir esta guía: el bienestar de nuestros hijos, sus tiempos, sus apreciaciones sobre nosotros; diría más, sus permisos, porque ellos estaban antes en nuestras vidas que nosotros. Podemos hacer muchas cosas con o sin ellos y sentir que pertenecemos a otro que desea lo mejor para uno y hace lo correcto.

—Parece que estamos de acuerdo. Seguiremos adelante; acércate, dame un beso.

Besé sus labios con los ojos cerrados: un beso público expuesto a los comentarios de los clientes que apuraban sus vasos con tinto de verano, tapas de ensaladilla y pinchitos sazonados. Un beso cotidiano preparado para la vida de barrio, las compras en el supermercado, los deberes con los niños, las actividades extraescolares, las prisas por los horarios y las tardes apacibles, sentados con un libro entre las manos, la música de fondo o las noticias del telediario.

FIN

Índice